ヲタクに恋は難しい

written by Hanaji Iduru ♥ illustrated by Fujita

Wotaku ni koi ha muzukashii

The Novel

ヲタクに

は難しい

［小説版］

（著）華路いづる

（原作・イラスト・監修）ふじた

Wotaku ni koi ha muzukashii *The Novel*

CHARACTERS

アニヲタ
宏嵩たちの先輩。面倒見がよく頼れる上司だが顔が怖い。学生時代からの犬猿の仲である小柳とはなんだかんだで交際中。
Tarou Kabakura
樺倉太郎
ゲーヲタ
尚哉の大学での友達。コミュ障。無口だが顔に出やすい。男性とよく間違われる。黙々とゲームを行う姿は誰かさんを思い出させる。
Kou Sakuragi
桜城光
非ヲタ
宏嵩の7つ下の弟。さわやかで社交的で表情豊かでゲームがド下手。のんびり屋だがしっかり者。兄と成海の仲を全力で応援している。
Naoya Nifuji
二藤尚哉

目次

Contents

初恋と失恋
5

終わりの続き
23

「大事なヲタク友達」
39

遠回りスタートライン
69

二藤屋捕物帳
97

桜城光のフレンドリスト
137

天邪鬼と意地っ張り
171

オミアイ協奏曲（コンチェルト）
203

初恋と失恋

hatsukoi to shitsuren

何度も遊んだ。

何度か喧嘩(けんか)をして、何度か仲直りをした。

何度も名前を呼んで、手を繋(つな)いで、一緒に過ごした。

それが当たり前で、ずっと続くのだと。

子供だった俺(おれ)は、そう思っていた。

+++

「宏嵩(ひろたか)くん宏嵩くん！」

小学校の騒がしい教室。朝のホームルームまであと5分もないくらい。クラスメイトたちがばらばらと入ってきてはおはようと言い合うその合間から、名前を呼ぶ声が聞こえた。

顔を上げてみると、教室の前のほうのドアから変な顔をした成海(なるみ)ちゃんがランドセルを背負ったままこっちに走ってくるところだった。

「おねがい……助けて宏嵩くん……！」

「……どうしたの？」

成海ちゃんは怒っているような泣き出しそうな悔しそうな、なんていうか、とりあえずぼくには一生できなさそうな複雑な表情でぼくの肩を掴(つか)んで、勢いよく言った。

「次のダンジョンに、どうしても入れないの！」

成海ちゃんは多分クラスでぼくの次くらいにゲームをよくする子だと思うけど、正直あんまり上手(うま)くはない。

ゲームが進められなくなってぼくに泣きついてくることがよくあるけど、アクションはともかく、RPGですら行き詰まるのはどうしてなのか、ぼくにはわからない。

「かぎ拾ってないからでしょ？」

「かぎって何」

「町外れのあやしいやしきに落ちてるやつ」

「えー、あやしいやしきもちゃんと探検したよー」

成海ちゃんはちょっとほっぺたを膨らませて不満そうに言う。

ちゃんと探検してないから鍵が見つからないんだよ、とは思うけど、言ったら多分怒るから言わない。

「スイッチで扉開けたりした？」

「したよ」

「3階まで上った？」

「多分上ったよ」

「3階から飛び降りたりした？」

「え。何それ何それ！」

成海ちゃんが急に前のめりになる。顔が近い。すごく近い。

ちょっと恥ずかしくなって、目を逸らしながら国語の教科書とノートを机から引っ張り出した。それを目の前に並べて1時間目の用意を始めながら、そのやしきのマップを思い浮かべる。

「2階の上のほうにある階段から3階に行って、近くの石像のスイッチ押して、その後3階の下のほうに行くとあやしい研究員がいるから……」

「わかんない！　今日宏嵩くん家いくからそんとき教えて！」

ちょっと顔を上げて成海ちゃんを見上げると、首を傾げて、良いよね？　と訊いてきた。

今日の時間割と、昨日の授業の内容を思い出しながら少しだけ考える。

「……多分今日、算数の宿題でるよ」

「宏嵩くん家でやる！」

と言っていつも結局やらないから、帰ってからおばさんに叱られているのをぼくは知っている。

「……わかった」

「やったー！」

その時ちょうど先生が教室に入ってきて、じゃあまた後でね、と言って成海ちゃんは自分の席に走っていった。

先生は教卓の向こうに立つと、朝のホームルームを始めた。

今日は成海ちゃんが来てから一緒に宿題をしよう。どうせたいした量は出ないはずだし、終わらせてからゲームをすればいい。

そんなことをぼんやりと考えていたらホームルームは終わり、先生が大きな声で言った。

「さぁ、1時間目は算数ですよ、宏嵩君」

＋＋＋

「宏嵩様、宏嵩様……」

授業もホームルームも終わった後の、中学校のざわつく教室。部活へ向かう準備をする生徒やこれから遊びに出かける相談をする生徒などで騒がしい中黙って本を読んでいたら、自分の名前を呼ぶ囁（ささや）くような声が聞こえた。

「宏嵩様、お願いがあるのですが……」

「今度は何の同人誌？」

「馬鹿（ばか）、声が大きい！」

「声が大きい」と言う声のほうが大きいというテンプレネタと共に繰り出されたグーパンチを右手で受け流して、本のページをめくる。

「宏嵩が読書とは珍しいですな。ラノベ？」

「ゲームのスピンオフ。で、発注書は？」

「これにござりまする」

成海が小さな紙を差し出した。それは封筒型に折られてキラキラしたシールで封がしてあり、裏には『TO　宏嵩』と書いてある。

パッと見は女子がよくやる手紙交換のお手紙スタイルだが、中身はBL同人誌の購入依頼だ。たまに18禁だったりもする（成海曰（いわ）く「実年齢はともかく、精神年齢は18歳だから問題はない」らしい）。

通販でしか買えない同人誌を自分で買って、家のポストに入ってるのをうっかり家族に見られるのが嫌だそうで、いつからだったか、時折こうして依頼を受けて俺が代理購入をしている。ちなみに俺の家族にバレるケースは想定していないらしい。まぁその可能性はほぼゼロだし、バレたとして俺は特に被害も何もないから良いんだけど。

「あいよ。あと先々週の注文分届いたよ」

「あ、じゃあ今日取りに行っていい？」

「ん。いいよ」

「やった！　じゃあ鞄取ってくるから下で待って
て」

　そう言い残して、成海は他の友達にまたね、と声をかけながら小走りに教室を出ていった。

　成海の教室は１つ上の階の３－５。俺は３－１。いつも成海はわざわざ階段を下りて会いに来てくれるけれど、俺のほうから会いに行ったことはほとんどない。なんとなく、自分のクラス以外の教室は自分のテリトリーではない感じがして行きづらいからなんだが、どこのクラスにも友達がいる成海はそういうのは全く感じていないみたいだ。羨ましいとは思わないが、純粋に、そういうところはすごいなといつも思う。ああ、あとあの腐乱臭（腐女子的な意味で）を隠し通せているところも本当にすごいと思う。

　読みかけだった本に栞を挟んで鞄へしまって、席を立つ。今ひとつ名前を覚えきれないクラスメイトの女子が何人か、ばいばい、と声をかけてくれたのでばいばい、と返して教室を出た。後ろから女子がキャーキャー言っているのと、男子が舌打ちしたのが聞こえた。

「あっ、成海ちゃん！　兄ちゃんもお帰りー！」

　玄関前で、ちょうど出かけるところだった様子の尚哉に遭遇した。

「こんにちは、尚ちゃん。どこか遊びに行くとこ？」

「うん、みんなでサッカーするんだ」

　尚哉はやたら成海に懐いていて、成海が家に来たときはいつも一緒に遊びたがる。成海もそんな尚哉がかわいいらしくて俺そっちのけで尚哉と遊び始めてしまうこともある。正直成海の尚哉への接し方がそのうち事案に発展しそうなレベルなので、最近はあんまり会わせないほうがいいんじゃないかという気もしている。

「尚ちゃんサッカーできるんだ」

「あんまり上手じゃないけど……みんなが教えてくれるから、ちょっとずつできるようになってきたんだ」

　えへへ、と成海が言うところの天使のような笑顔を浮かべる尚哉に、成海の表情が緩みきっている。

「尚、母さんは？」

「ちょっと遅くなるって留守電入ってたよ」

「そう。鐘が鳴ったら、ちゃんと帰っておいで」

　わさわさ、と俺のみぞおちあたりにある頭を撫でてやると尚哉はまた笑った。成海は横で静かに悶絶していた。

「うん！　いってきます！」

「怪我すんなよ」

「はーい」

　走って遠ざかる尚哉を見送りながら、成海が絞り出すような声で呟いた。

「尚ちゃん……カワユス……テラカワユス……持って帰りたい……否むしろ10メートルくらい離れた電柱の影から一日中見つめていたい……」

「完全に事案」

　鼻息荒く震える成海を放っておいて、玄関へ入った。靴を脱いだところで、通常モードに復帰したらしい成海も続いて入ってきた。

「渡すやつ取ってくるから、適当に上がってて」

2階への階段に足をかけながら声をかけると、成海からは、あーい、とおざなりな返事が返ってきた。

階段を上がってすぐにある子供部屋で、学ランの上着だけ脱いでクローゼットへかける。それからそのクローゼットの隅に隠しておいた茶封筒を手に取った。

書いて字のごとく「薄い本」の入った封筒だ。宛名は「二藤　宏嵩様」と、少し丸みを帯びた字で手書きされている。

ふと、この宛名を書いた人はどんな気持ちで「二藤　宏嵩」と書いたのだろう、と思った。どこをどう見ても男の名前だ。腐男子だと思うのだろうか。父親か何かの名前だと思うのだろうか。まぁ、別に知り合いでもないし、知り合う予定もないので、知る由もないが。


茶封筒を抱えて階段を下り、リビングへのドアを開けると、成海は四つん這いになってテレビ台を漁っているところだった。

ところで、成海はギャルでも喪女でもなく、（傍目には）普通の中3女子なので、それなりにはスカートの裾を上げている。といっても先生に怒られない範囲なので、言うほど短くはない。

だが、それはまっすぐ立っていればの話であって。

四つん這いなんて、しなければの話であって。

「……成海どん、何してんの」

他に言うべきことがあったような気もするが、結局口から出たのはそれだけだった。

「宏嵩どん、スーファミはどこぞ?」

成海は上半身を起こし、四つん這いからあひる座りになってこちらを振り返った。俺は心の底からほっとして、思わず小さなため息が出た。

成海はそれをどう捉えたのか、少し唇を尖らせた。

「なんか久々に古いボンバー○ンやりたいなーと思ったんだけど、出すのめんどい？」

「別に。そっちの棚に移しただけだから」

「ソフトも？」

「うん」

茶封筒を成海の鞄の上に置いて、テレビ台のすぐ隣に立つ背の高い戸棚を開ける。一番下の段から、少しだけ変色したスーファミ一式を取り出して成海に渡した。

「うっわ、スーファミってこんなに軽かったっけ」

「時間が経ったからって軽くなることはないでしょ」

「いや、そりゃそうなんですけども」

えー、とか、うわー、とか言いながらスーファミ本体を持った腕を上げたり下げたりする成海を見て、そう言えばうちでゲームボーイカラーに初めて触った時もあんなことしてたなと思い出した。

もう5年くらい前のことのはずだ。何だかおかしくて、笑いが込み上げてきた。

「何笑ってんだよ」

笑われていることに気付いた成海が、ちょっとだけ頬を膨らませながら俺のほうを見て言う。その拗ね方も小学生のころから変わっていなくて、余計に笑いが止まらない。

「なんでもない。で、ボンバー○ンのどれやりたいの」

「3！　ルー○が一番かわいいやつ！」

「へい。探すからそっちセットしといて」

「任せろ！」

いくつあるのか数えたこともないが、パッと見ただけで100本以上ありそうなスーファミソフト群がきっちり詰まった箱を眺める。ジャンル分けしてしまっているので、全て（すべ）のソフトを確認する必要はない。成海とよく遊んだソフトは手前側にしまってあるし、それ以外にも目印がある。

「あった」

手に取ったソフトの上面には、デフォルメされたルー○のシールが貼ってある。成海が描いたイラストをシールにしたものだ。成海が気に入っていたソフトのうちのいくつかは、同じように成海の作ったシールが貼ってある。

少し劣化してシールの端のほうが浮いてしまっている。指でなぞって貼り直してみたが、粘着力がなくなっているようでくっつかなかった。

テープで補強するか、いっそ剥がして他の場所に取っておくか、そのうち考えないとなと思いながら、ソフトを持って成海のほうへ向き直る。

「はい」

「おー、なつかしー！　よーし、宏嵩も座って座って」

いつの間にか2つのクッションが床にセットされている。

成海はそのうちの1つを膝の上に抱えて、もう1つのほうをぱしぱしと叩いた。

「宏嵩1コンね」

「おk」

最近はうちで一緒にゲームをすることもだいぶ減った。でも、たまにこうしてうちに来る成海は、少しも変わらないように見えた。

2人とも背は伸びたし、俺は声変わりしたし、成海は腐女子になった。それでも俺は俺だし、成海は成海だし、それはこれからも変わらない気がした。

「よっし、今日はノンストップで全クリ目指すぞ！」

「勉強しろよ受験生」

＋＋＋

高校生になって、4ヶ月が過ぎた。

去年のことなんてほとんど覚えてないのでよくわからないが、今年の夏は去年よりも暑い日が多いらしい。

毎年そんな話を聞いているような気もするが、それもよく覚えていない。

なんとなく覚えていることといえば、去年の夏休みは成海と2人で柄にもなく受験勉強をそれなりに真面目にやっていたということだ。

俺は割とどこでもよかったけれど、成海は2つ隣の駅の制服がかわいいと評判の女子高に入りたいとかで、俺に助けを求めてきた。1回目の模試でC判定をもらったそうだ。

これまで成海に「助けて」と言われたことは何度もあったけれど、同人活動とゲーム以外の「助けて」は初めてだったので、結構驚いた。

いつもゲームに割いていた時間の半分以上を勉強時間に充てた甲斐あって、夏休み明けの模試で成海はなんとかA判定を取り、その後も受験本番までの間、各種同人イベント参加を見送ってまで勉強に勤しんだ結果、見事第一志望校に合格した。

卒業式には成海は真新しいブレザータイプの制服を着て、たくさんの友人たちと写真に収まっていた。

クラスメイトの女子が、数日後にそのときの写真のうち俺が写っていたものを焼き増しして送ってくれて、それは俺の机の引き出しにしまってある。

あれから、成海とは会っていない。

成海は部活が忙しいらしいし、俺は俺でそれなりの進学校に入ったものだから課題だのレポートだのに追われ、しばらくゲームする時間すら十分に確保できなかった。我慢できずに仮病で学校を休んだことがあったくらいだ。

それでも、時々成海とメールはしていた。内容は中学時代の日常会話と同じで、下らない話ばかり

だった。会うことこそなくなったが、高校生になったからといって成海との関係が劇的に変わったとは感じなかった。

夏休みに入って、気持ちにも時間にも余裕ができると、なんとなく成海に会いたくなった。特に何がしたいわけでもないし、本当にちょっと会いたいだけ。でも「なんとなく会いたい」なんて言えるわけもなく、じゃあどう言えば会えるのかと考えたら、「ゲームしよう」くらいしか思いつかなかった。

我ながら子供っぽいとは思うが、成海と2人でしていたことなんて、去年の受験勉強を除けばほぼゲームしかないのだから仕方ない。そしてそう思い立ったところでそれを言い出すタイミングもわからなくて、結局夏休みが始まって2週間近く経っても、成海と会う約束もできないでいた。

「兄ちゃん、なにしてんの」

天井だけを映していた視界に、突然逆さまの尚哉の顔が映り込んだ。

「……なんも」

半ば乗るようにして仰向けにもたれかかっていた、椅子の背もたれから起き上がる。

目の前の勉強机には数学の問題集とノートが広げてあった。そういえば夏休みの課題をやっていたんだった。

「だと思った」

尚哉はそう言いながら笑った。

何がそんなに楽しいんだかわからないが、尚哉はよく笑う。俺と比べたらよく喋るし、友達も多い。きっと尚哉は友達と会うのにどうしたらいいかなんて悩んだりしないのだろうと、なんとなく思った。

「で？」

「あ、うん。あのね、後で友達来るんだけど、兄ちゃんのゲーム借りてもいい？」

「別に好きにしていいよ。メモカだけちゃんと替えてくれれば」

「やった！　ありがと」

机の上の時計を見ると、11時半を過ぎたあたりだった。

今日は9時頃に起きて食パンを1枚食べたきりだったことを思い出したら、急に腹が減った気がした。

俺と尚哉は夏休みだが、今日は平日なので父さんも母さんも仕事だ。待っていても昼食は出てこない。

「尚、昼ご飯どうする」

「あ、スパゲティ作ろうかなって思ってたところ」

「じゃあ俺が作る。お前シンクに手届かないでしょ」

立ち上がって軽く腰を伸ばすと、尚哉は自分の半分ほどしか背がないように見えた。もちろん実際はそこまで小さくないが、まだ9歳の尚哉には家のあちこちに手の届かない場所があるのは事実だ。

「椅子に乗れば届くよー」

「危ないって言ってんの」

尚哉の頭をぽんと叩いて部屋を出ると、尚哉も後ろからついてきた。

「ご飯食べたら俺出かけるから、後はよろしく」

「え？　勉強しなくていいの？　友達呼ばないほうが良かった？」

「やる気起きないだけ」

階段を下りて、キッチンを漁ってみたところ、パスタソースのストックが切れていた。なんとなく気が向いて適当に冷蔵庫から具を見繕ってパスタを作ったら、尚哉がすごいすごいと騒いでいた。

それから尚哉とパスタを食べて、片付けをして、ちょうど尚哉の友達と入れ違うくらいに家を出た。

特に目的もなかったけれど、そういえば少し前にやり込み要素までクリアし終わったゲームのファンブックが昨日あたり発売になったはずだということを思い出して、最寄駅から電車で1駅のところにある大きめの本屋に行くことにした。ゲーム関連コーナーが充実していて、攻略本や設定集、イラスト集、フィギュアなんかも売っているので、暇なときにはよく行く本屋だ。

(成海は今頃何してるんだろう)

駅までの道をぼんやり歩きながら、気がついたら成海のことを考えていた。

去年までは、成海が今どこで何をしているかなんて気になったことすらなかった。気にするまでもなく、いつもすぐそばにいたのだ。それが今ではどうやって成海に会えばいいのか悩んでいる。

なんだか変な感じだ。

今まで成海以外に友達と呼べるほどの友達なんていなかったから、こんな風に誰かに会いたいと思ったことなんてなかったし、俺がそう思う日が来るなんて思ってもみなかった。

駅前の大通りまで出ると、平日の昼間の割にやたら人が歩いていた。

通り沿いの飲食店が何軒か、店の前に折り畳みの長いテーブルを出し、ビールやジュース、つまみなどを売っている。そのうちの1つの店の壁に、ポスターが貼ってあるのが見えた。

『駅前夏祭り、8/3、4、5』

今日は4日、夏祭りの2日目らしい。

言われてみれば、ちらほらと浴衣を着た人の姿や、もう少し駅寄りのほうにはもっとちゃんとした屋台も見える。

祭りなんて保育園に通っていたころに母さんに連れられて行ったきりだ。俺には、暑い夏にわざわざ外に出て無駄に高い焼きそばや綿あめを食べたいと思う気持ちはわからない。

でも、成海はどうだろう。

浴衣を着て、綿あめとりんご飴を両手に屋台を覗いて回る成海の姿が目に浮かぶ。

祭りは明日までだ。警察音楽隊による演奏会は今日の14時から、花火大会は明日の20時からとポスターに書いてある。

誘ったら、来てくれるかな。

成海は女友達も男友達も多いから、もう他の誰かと約束しているかもしれない。

でも、もしかしたら。

頭の中でぐるぐると考えながら、足はまっすぐに駅へ向かう。

今日はもう演奏会には間に合わないし、誘うなら明日だ。

今からメールを入れておいたほうが良いかな。夜に電話でもしたほうが確実かな。そういえば成海の携帯に電話かけたことないな。

改札前へ続く階段を上ると、そこにも結構な人が行き交っていた。そんなにこの祭りは人が集まるイベントなんだろうか。地元なのによく知らない。

歩くのが困難なほど人がいるわけではないが、通路の真ん中を通って改札まで向かうのは面倒そうだったので、端側を歩く。

全開になった通路の窓の前に差しかかったとき、どこからか金管楽器の音が微かに聞こえた。多分警察音楽隊の演奏会が始まったんだろう。曲名はわからないけれど知っているメロディだ。人混みの騒めきに紛れてしまいそうなその音色に、なんとなく耳を傾けながら歩く。

そのとき、ふと聞き覚えのある声が聞こえた気がして顔を上げた。自分と反対方向へ流れていく人波に目を向けると、前方の改札口のそばにちらりと、成海の姿が見えた気がした。

少しだけ歩く速さを緩めて人の流れの中に目を凝らす。

けれど、数分前に到着した電車から降りてきた人たちが群れを成して駅の外へと歩いていく中からたった1人の人間を探し当てるなんて簡単なことではない。そもそも成海の姿が見えたような気はしたけれど、本当にそれが成海だったかもわからないし、声が聞こえたような気がしたのも気のせいだったかもしれない。

そう思って前に向き直ろうとしたとき、ちょうど人波に切れ間ができて、通路の真ん中あたりを歩いていくカップルが目に入った。高校生くらいの、まだ付き合い始めて日が浅そうな様子のカップルだ。軽い雰囲気の知らない男と、小柄で、髪をサイドで緩くまとめた、俺がよく知ってる女の子。

足が止まった。

駅の喧騒も、音楽隊の演奏も急に遠のいた。

耳に届いたのは、笑い声だけだった。

隣の男と親しげに、楽しげに笑いあう、照れ臭そうな成海の笑い声。

姿が見えたのはほんの一瞬のことで、もう2人は人波に紛れてしまった。けれど、その一瞬が目に焼きついていた。

女の子らしい服と、髪型と、表情。俺が知らない成海。

着崩した服と、茶色に染めた髪と、いくつかのピアス。俺が知らない成海と歩く、俺の知らない男。あの男もそう歳は変わらないだろうと思うけど、2人とも俺よりずっと大人に見えた気がした。

どうせそこにはもう成海も男もいないのに、何故だかそこにいたくなくて、緩やかな人の流れを掻き分けて早足で改札へ向かった。

改札を抜けてホームへの階段をかけ下りると、ちょうど電車の発車ベルが鳴っているところだった。

階段の最後の数段を飛び降りて、閉まるドアの隙間に滑り込んだら、思い切りドアに挟まれた。すぐに再びドアが開いて、転がり込むようにして車内へ入り、反対側のドアにぶつかる勢いで寄りかかった。

電車が走り出す。駆け込み乗車を咎める車掌のだるそうな声が聞こえた。

格好悪い。

俺は何をしているんだろう。

自分が酷く間抜けで、幼稚で、頭の悪い人間に思えた。

成海に会いたいと思ったのは、ただ単に成海が友達だったからではなかった。

俺は、成海が好きだったんだ。

ずっと前から、好きだった。大好きな、友達だった。いつの間にかその「好き」の意味が変わり、「恋」になっていたことに、気付きもしなかった。

馬鹿みたいだ。

小学生の頃から変わっていないのは俺だけだった。

反対側のドアが開いた。いつの間にか電車は隣の駅に着いていた。けれど、降りる気は起きなかった。意味も理由もないが、どこでもいいから遠くへ行きたい気分だった。どうせこの電車の終点まで乗っていたところで、たいして遠くまで行けないことはわかっている。結局家族に心配されるのも嫌だから夜には帰るだろうし、現実的な範囲内の「遠く」までしか行けない。

つくづく、自分は子供なんだと思った。


今会えなくても、また気軽に会える日が来ると思っていた。

前みたいに手を繋ぐのは難しいかもしれないけど、一緒に過ごせる日が来ると思っていた。

これからも、何度でも名前を呼んでくれると、思っていた。

でも、きっともうそんな日は来ない。

きっと成海はもう、俺の名を呼ばない。
涙は、出なかった。

終わりの続き

owari no tsuduki

就職活動の際に重視したのは、何よりもオンオフがきっちりと分かれていること。具体的に言えば、休憩時間が確保されていて、残業が少ないこと。それから肉体労働でないこと、対人スキルを求められないこと。あとは、それなりの給料とそれなりのやりがい。

俺にとっての最重要事項はゲームをしていける生活環境の確保であって、自己実現だの社会貢献だの、そういうのは割とどうでもよかった。

いくつかもらった内定のうち、社内説明会のときに喫煙所がやたら綺麗だったところの内定承諾書にサインをした。

業務内容は各種書類整理と資料作成、データエントリーなどが主で、その日片付けるべき仕事さえ終わらせれば定時のチャイムと同時に席を立っても咎められることはない。タバコ休憩は常識的な範囲内であれば黙認してもらえる。

贅沢を言うなら、社食があれば食費と昼食確保の時間の節約（つまり昼休憩中のゲーム時間の確保）ができたかなとは思うけど、隣のビルの1Fにコンビニが入っているので良しとしている。

今日はそのコンビニで納豆巻き2本とカニカマサラダを買ってきた。給湯室でお茶を淹れて席に戻ると、オフィス端のフリースペースで喋っていた数人のうち1人の女子社員が駆け寄ってきた。

「ね、二藤くん、今日予定ある？」

「……なんで？」

納豆巻きのフィルムを剥がしながら見上げると、彼女はくるくるした短めの髪を指で弄りながら、どことなく落ち着かない様子で答えた。

「今日さ、同期のみんなで飲みに行こうよって話になっててさ。二藤くんも、どうかなって」

彼女がさっきまで喋っていた数人のほうを見ると、彼らもこちらの様子をうかがっているようだった。

目の前の彼女をもう一度見上げると、少し恥ずかしそうにしながら、期待のこもった目で俺を見下ろしていた。

「俺はいいよ。他のみんなで行ってきて」

「そんなこと言わないでさ、たまには一緒に行こう？」

「ごめん、俺そういうの苦手だから」

ジャケットの内ポケットから携帯を取り出しながら、納豆巻きにかぶりつく。少し間をおいて、頭上から小さな溜息が聞こえた。

「そっか。じゃあ、そのうち、気が変わったら参加してね。また誘うから」

「……うん」

フリースペースへ歩いて戻っていく彼女を横目で眺めながら、お茶を一口飲む。

入社したときから、同期で飲みに行くだとか休日に遊びに行くだとかのイベントが企画される度に、彼女は俺に声をかけにきてくれる。その度に断っているわけだけど、彼女はまた誘いにきた。多分次も誘いにくるんだろう。10000回断っても10001回目は何か変わると思ってたりするんだろうか。

「あの子、お前の同期だろ。もうちょっと優しくしてやってもいいんじゃねぇの？」

後ろから呆れたような声が聞こえて振り返ると、樺倉さんが缶コーヒーを右手に、コンビニ袋を左手に立っていた。ちなみに左の頬には綺麗な紅葉が咲いている。

「別に、冷たくしてる気はないんですけど」

「お前はそもそも素っ気なさすぎなんだっつーの。あんな取りつく島もないような断り方しなくてもいいだろ」

「今日までの限定ダンジョンマラソンしたいんすよね」

「そんなこったろーと思ったわ」

樺倉さんは席についてコンビニ袋からパンを2つ取り出すと、ホットドッグらしきパンのほうにかじりつきながら携帯を弄り始めた。

「今日は小柳さんと一緒じゃないんですか」

「今日は中途採用の女子が入ってくるとかで1日面倒見てるんだと」

「大変そうですね」

「大変そうだったから、女の子なら俺が面倒見るって言ったら殴られた」

「……大変ですね」

頬の紅葉マークに納得しながらカニカマサラダの蓋を開けると、蓋のほうにカニカマが一切れ張り付いていた。勿体ないのでカニカマを落とそうとプラスチックのフォークでつついてみる。なかなか落ちない。

「その子、26っつってたかな。お前と同い歳だろ」

「そっすね」

ようやくカニカマが取れたと思ったら、ぺろりと一部が剥がれて蓋側に残った。勿体ないけど、面倒くさくなってきた。

「どんな子だろうな」

「さぁ」

「お前はどんな子がタイプなんだ？」

結局蓋のカニカマは諦めてサラダを口へ運ぶ。初めて買ったサラダだけど、味は悪くない。カニカマが蓋に張り付かなければ文句ないのに。

「一緒に仕事するんなら、仕事できる人がいいですね」

仕事以外で関わる気もないし。かわいいとかかわいくないとか、そういうのは俺にとってはどうでもいいことだ。

もう一口サラダを口に入れる。カニカマに気を取られてあまりよく混ぜなかったせいで、ドレッシングがほとんど絡んでいなかったようだ。口の中に仄かに葉っぱっぽい苦味が残る。

「いや、ちょっと仕事できないくらいのほうがかわいげあっていいと思うな、俺は。まぁ顔がかわいいのが前提だけど」

「おっぱいは前提じゃないんですか」

「オフィスで躊躇(ためら)いなくおっぱいとか言うのはやめなさい」

「すいません」

怒られた。


今日の仕事はいつも通り順調だ。割り込みの作業でもなければ定時にオフィスを出られる。

夕飯はどこかで買って帰るとして、19時前には家に着く。ダンジョン何周できるだろう。

頭の片隅でそんなことを考えながら、完成した印刷済みの資料をホチキスで留める。

一区切りついて時計を見上げると、15時半を少し過ぎたあたりだった。

あとは明日提出予定のちょっとしたデータ作成の準備くらいしかすることはないので、この辺で一息入れようと席を立つ。

「二藤、タバコか？」

樺倉さんが椅子(いす)の背もたれをぐっとしならせながらこちらを振り返った。

「はい」

「俺も行くわ」

あれ。やめたって言ってなかったっけ。

俺が一瞬動きを止めると、樺倉さんは反動をつけて椅子から立ち上がった。

「たまにはな。一本奢(おご)ってくれよ」

「……はい」

多分、タバコを吸いたいんじゃなくて、話がしたいんだろうというのは察しがついた。

何かやらかしたっけ。今日は大したことは何もしてないから、昨日か。昨日も特に何もなかったはずだけど。

考えていても仕方ないので、先に歩き出した樺倉さんの後を追って喫煙所へ向かった。

喫煙所に先客はいなかった。

それぞれ自販機で缶コーヒーを買ってガラスで仕切られたスペースに入る。内ポケットからタバコとライターを取り出し、樺倉さんにタバコを一本渡して火をつけた。

樺倉さんは窓枠にもたれながら一口目を吐く。

コーヒーを飲みながら少し様子をうかがってみてもすぐに話し出す雰囲気ではなさそうなので、俺も樺倉さんの隣で大きめの窓に背を預けてタバコを咥える。

火をつけて、少し吸って、吐く。視界に白い煙が広がる。数秒の間ゆるゆると漂って、換気扇に吸われて次第に消えていく。もう一度、煙を吐く。さっきよりも少しだけ多かった煙は1、2秒だけ長く漂って、同じようにゆっくりと消えていった。

「二藤」

樺倉さんの静かな声が響く。

とりあえず、怒っているわけではなさそうだ。樺倉さんは感情が大体声とか顔とか態度に出るのでわかりやすい。

「はい」

「なんつーか、余計なお世話だとは思うんだけどな」

樺倉さんは言いよどんで頭を掻く。

言い難いというより、なんと言えばいいのか悩んでいる様子だ。

「……お前さ、同期の名前、全員言えるか？」

特に何か予想を立てていたわけでもないけれど、全く考えもしなかった問いに少しだけ戸惑う。

何の話だろう。

「……3人くらいなら、顔だけわかりますけど」

「同期何人だよ」

「6人でしたっけ」

「お前入れて8人だよ」

樺倉さんは一度タバコを吸って、息を吐いた。もしかすると、今のは溜息だったのかもしれない。

「普段関わらないんで」

「じゃあ同じ課の連中は」

「作業は個人ですし」

「隣と向かいの席は」

「……ヤマダさんとコバヤシさんでしたっけ」

「隣は馬場(ばば)、向かいは江端(えばた)だ。ついでに言っとくが、馬場はお前の同期だぞ」

樺倉さんは今度は誤魔化さずに溜息を吐(つ)いた。怒っているわけではないようだけど、呆れているように見える。

「お前の仕事に対するスタンスは知ってるつもりだし、そういう考え方もありだと思うけどな」

樺倉さんは少し体を起こし、タバコを持った右手を灰皿へ伸ばした。とん、と1つ軽く叩(たた)くと音も立てずに灰が落ちていった。

「もちっと、社会とか人とかとの繋がりっつーのは、持つようにしたほうがいいんじゃねえか」

そう言ってほんの少しの間こちらへ視線を向けた後、すぐ元のように窓枠にもたれて、缶コーヒーに口をつけた。

樺倉さんは歳は2つしか変わらないが、頼りになる先輩だ。ああ見えて面倒見のいい人だし、なんだかんだで優しい。顔は怖いが。

そんな人だからだろう、まだ20代だが樺倉さんには俺を含む数人の部下がいる。つまり俺の上司だ。

今日の昼食後しばらく、樺倉さんは課長に呼ばれて席を外していた。もしかすると、そのときに俺について課長から何か言われたのかもしれない。そうでなくとも気にしていたことだったのかもしれないが、少なくともわざわざこうやって話をしようと思ったきっかけは多分そこにあったのだろう。

　樺倉さんにはいつもお世話になっているし、仕事以外の話もよくする。社内で唯一ＳＮＳのＩＤを交換した人だし、友達だと言ったら失礼だろうが、学生時代のクラスが同じ間だけ「友達」だった人たちよりはずっと友達と呼べるような関係だと思う。

　だから、もし俺のせいで樺倉さんの評価が下がるだとか非難されるだとか、そういうことがあったとしたらとても申し訳なく思うし、単純に嫌だ。でも、そう思っても、どうにもならないこともある。例えば、今回のように。

「……すみません」

「いや別に怒ってるとかじゃねーから」

　左手をひらひらと振って樺倉さんは言う。怒っていないのはわかっている。自分でも正直よくわからないけれど、「すみません」以外の答えが出てこない。

「……俺はただ、お前が嫌な思いすんじゃねーかと思ってな」

　樺倉さんはタバコを咥えながらどこを見るともなしに足元に視線を落としている。

　どう反応したらいいのか迷っていると、灰落ちるぞ、と言われて、右手に持ったままだったタバコに気付いた。長くなった灰を床に落とさないようにそっと腕を灰皿へ伸ばす。

「会社にしろなんにしろ、人ってのは集まると『自分たち』と違うもの、得体の知れないものは排除しようとするもんだ。お前は『別に理解されなくていい』とか言うだろうが、逆に言えばお前は周りから見て『理解できない奴（やつ）』なわけで、つまり排除対象なわけだ。流石（さすが）にいきなりクビにされたりってこと

BOSS

はないだろうが……あんまいいことねーぞ」

樺倉さんはしばらく嫌なものでも見るような顔をしていたけれど、一度目を閉じて深く息を吐いた後に俺のほうへ向けた顔は僅かに笑っていた。

「……とか言っても、まぁすぐに変えられるもんでもないし、こういうのはきっかけが必要だからな。頭のどっかで覚えててくれればいいよ」

「……はい」

少しだけ悩んでそう返事をすると、樺倉さんは短くなってきたタバコをもう一度咥えようとして、何かを思いついたように一瞬手を止めた。何だろうと思って見ていたら、樺倉さんはこっちを向いてにやりとしながら言った。

「お前に彼女でもできたら、変わるのかもな？」

彼女。その言葉を聞いて、脳裏にチラついた影。

ずっと昔、始まったことに気付きもせずに終わった初恋。

そっと目を閉じて遠い過去の幻をかき消す。

「……そーいうの、興味ないっすね」

トン、と叩いてまた長くなってきた灰を落としてから、タバコを唇へ運んだ。

樺倉さんは少しこの場の雰囲気を軽くしようと何気なく言っただけなのだろう。けれど、それが自分でも忘れていたものに触れ、もやもやした何かがじわりと漏れ出してくる。

懐かしくて、苦しい。暖かくて、痛い。

複雑な気分だ。

「……え、お前まさかそっち？　彼氏が欲しいほう？」

そういう複雑な俺の胸中を完全に無視した台詞をぶっこんでくる樺倉さんのことは、実は嫌いじゃない（決してそういう意味ではない）。

けど、こういうところがあるから小柳さんにしょっちゅう平手打ちをされるんだろうなと思った。

（もしこれで俺が『そっち』だって言ったら、この人はどういう反応するんだろう）

ちょっといたずら心が芽生えて、咥えていたタバコを一度右手に持ち、持てる全ての演技力で「物憂げな表情」を作ってみる。

「……そうだって言ったら、どうします？」

そう言って、流し目気味に樺倉さんのほうへ顔を向けてみた。ついでに左手でセクシーな感じに前髪もかき上げてみる。

「え」

樺倉さんは、凍りついた。引きつった表情で、完全に処理落ちしている。

そんな樺倉さんの手元でタバコの煙だけがゆらゆらと揺れている。

「……ぶっ」

あまりにもいい反応に堪えきれず、ふき出した。

同時に事態を呑み込んだらしい樺倉さんの硬直が解けた。

「おま……おい二藤、俺をからかうとはいい度胸だなおい」

顔は怖いが赤くなっているあたりがすごく迫力に欠ける。多分火に油となるので口には出せないが、ちょっと笑いが止まらない。

「すみません」

「笑ってんじゃねーぞコラ」

樺倉さんが俺のネクタイを掴もうとしたとき、こんこん、と控えめなノックの音が聞こえた。そちらを振り向くと、恐る恐るといった様子で若い（と言っても多分俺と同じくらいの）男性社員が喫煙エリアのガラス戸を開けたところだった。

確か営業課の人で、何度か資料作成の手伝いをした気がする。

その人は青色のファイルを抱えて俺と樺倉さんのほうへ近づいてきた。

「お、お取り込み中すいません」

「……別に取り込んでねぇよ。俺か二藤に用か？」

「あの、二藤君に」

樺倉さんは一瞬俺を睨んでから、溜息を吐きながら後ろへ下がっていった。壁際まで下がると、元の窓枠にもたれてこちらへ顔を向ける。

「何ですか？」

「これ、明日客先でプレゼンに使う予定の業界データとかなんだけど、明日の10時までにこの順番でいい感じにスライドにまとめといてくんないかな？　急に別のお客さんに呼び出されて、今から出かけないといけなくて……本当急な頼みで悪いんだけど、二藤くらいしかこういうとき頼める奴いなくて」

早口かつ一息に言ってファイルを差し出してくる。そわそわしながら腕時計をチラチラ見つつ、眉をハの字にした顔を俺に向けている。多分、客先でトラブルが起きて急いで向かうとか、そんなところなんだろう。

ファイルを受け取って軽く中身に目を通す。いくつかのデータ表、グラフとそれらの考察が目に入る。量はそこまで多くない。

「明日の10時ですね」

「ああ、それまでに営業課のファイルサーバに適当にわかりやすい名前でフォルダ切って置いといてくれればいいから」

「わかりました」

「助かる！　よろしく！」

そう言うとその人は走って喫煙スペースを出ていった。

「残業か？」

「いえ、これくらいならすぐ終わりますから。マラソンの時間は削りませんよ」

「そうか」

樺倉さんは吸った煙を吐き出しながら、短くなったタバコを吸殻入れへ落とした。

しゅ、と微かにタバコの火が消える音がした。

「そろそろ戻るか」

「そうですね」

俺も最後に一口吸って、タバコを捨てる。

換気扇に向けて息を吐き出すと、煙は白くもならずに吸い上げられて消えていった。


休憩所とオフィスの間の廊下を先に歩いていく樺倉さんの背中を眺めながら、さっきの話をぼんやり振り返る。

社会や人との繋がり、か。

人と関わることが嫌いなわけではない。ただ、それよりも自分がしたいと思うこと、ゲーム内のイベント回収とか、図鑑コンプとか、そういうもののほうが優先度が高いだけだ。

だから、自分から進んで誰かと関わろうとか何かしようとか考えたことは多分一度もないし、合コンや飲み会は基本的にいつも断っている。そんなことに時間を割くなら、少しでもスキル上げをするとか素材集めをするとか、やりたいことはたくさんある。

そうやって関わりを持つきっかけを自分で排除しているから、相手を知ることもないし興味もわかない。興味がないから関わろうとも思わない。その結果、周りからどう思われるかなんてことにも興味はない。仕事をクビになるようなことさえなければ別に問題もない。

そう、思っていたけれど。

さっきの樺倉さんの口振りだと、クビにならないにしてもこのままでは良くないのだろう。

そう言われても、じゃあどうすればいいのかなんて、わからない。

「おつかれさまです」

「お、おつかれさまです」

女の人の声が聞こえて目を上げると、小柳さんが向こうから歩いてくるところだった。その背に隠れてよく見えないけど、小柄な女子社員が後ろを歩いている。多分例の中途採用の人だろう。

「おつかれ」

樺倉さんが左手を軽く上げて挨拶(あいさつ)を返す。

「おつかれさまです」

軽く頭を下げて2人の横を通りすぎた。

とりあえず席に戻ったら何も考えずに頼まれた仕事を片付けて、今日も定時で帰ろう。人間関係がどうとか、そんなことは今考えたってどうにも——

「……え？　宏嵩(ひろたか)？」

突然、名前を呼ぶ声が聞こえた。

振り返ってみると、さっきすれ違った中途採用の女子が、驚いたような顔で俺を見つめている。

どうして俺の名前を知っているんだろう。知り合いだっけ。

さらさらとした長い髪に、おおきな瞳の女の子。

あと貧乳。

誰だったっけ。

『宏嵩くん』

脳裏に花柄のワンピースの女の子がチラつく。

『宏嵩』

それから、セーラー服におかっぱ頭で同人誌を抱えた女の子。

——そして、駅で知らない男と楽しげに歩いていた女の子。

「……成海(なるみ)？」

「成海、ねぇ」

成海と思わぬ再会をし、業務後に食事の約束をして席へ戻りしばらく作業をしていたら、樺倉さんが唐突に呟(つぶや)いた。

目だけを左のほうへ向けてみると、樺倉さんはにやにやしながら頬杖をついてこっちを見ていた。

ちなみに今日は隣の……誰だっけ、隣の席の人はお休みなので、樺倉さんと俺の間には空席が１つあるだけだ。

「二藤が人を呼び捨てにするの、初めて聞いたわ」

「まぁ、子供のころからの知り合いなんで」

「知り合い、ね」

樺倉さんは肩を震わせてなんだか楽しそうに笑っていた。

「どうしたんですか？」

「お前さ、限定ダンジョンマラソンどうすんだよ」

「……まぁ、レベル上げ用のモンスター集めがしたかっただけですし」

「そーですか」

樺倉さんは込み上げる笑いを全部まとめて吐き出すように、ひとつ大きく息を吐く。

「……俺の心配も、杞憂で済むのかもな」

そう言って伸びをしてから、樺倉さんは自分のパソコンに向き直り、仕事を再開した。

Wotaku ni koi ha muzukashii

The Novel

「大事なヲタク友達」

「daiji na wotaku tomodachi」

時刻は午後2時。

オフィスに立ち込める、誰かが自席で食べたカレーやらカップ麺やらのにおいも薄れ、激しい睡魔との攻防の末に大半の人間が大敗を喫したころ。

俺は、暇だった。

今日の分の作業は既に終わったし、明日の作業は未定。今は特に長期的に取り組んでいる仕事もないし、先延ばしにしていた調べ物なんかもない。完全に、やることがない。

だからといって今から帰ってしまえばもちろん早退扱いだから有給が減るだけだし、休憩時間でもないのに定時前に会社でゲームをするわけにもいかない。

仕方なく他の人に何か手伝うことはないかと聞いて回ってみるものの、ここ数日似たような状況だったので、いい加減手伝う作業もなくなってしまい、ついに課の外まで仕事を探しに行かなくてはならなくなった。

最終的に辿り着いたのは総務課。そういえば業務システムの顧客データに誤りが目立つと誰かがボヤいていたなと思い出して、データメンテナンスを担当しているはずの総務の人に聞いてみたところ、暇なら是非代わりにメンテナンスをやってくれと頼まれた。

本来のデータメンテナンス担当者は、パソコンの電源を切る正しい方法は電源ボタンの長押しだと信じて疑わない田中さん（63）だそうで、まぁ彼にはデータメンテナンスは荷が重かった、というよりまず荷の意味が理解できていなかったらしい。故に、システム稼働以来まともにデータメンテナンスはされていなかったということのようだった。なぜ田中さんが担当者になったのか、そして田中さんがいつも会社で何をして過ごしているのかは、謎だ。

そんなわけで、今はとりあえず許可を取り総務から顧客管理台帳の一部を借りて自席へ戻るところだ。

流石に顧客データは結構な件数があるので、メンテナンスもそこそこには時間がかかるだろう。ちょうどいい。当面は時間が空いたときはこれに取り組むことにしよう。

俺へ割り振られる仕事の量は、同じ課の他の人と比べると少しだけ多い。割り当てられる作業時間は短めだが、それでも俺としてはかなり余裕がある。

にもかかわらず、上司である樺倉さんは特にその時間配分を見直したりしない。

たまに、本当にギリギリ間に合うレベルの短納期かつ超重量級の仕事を有無を言わさずに振ってきたりもするから、俺の処理能力自体は正確に把握しているのだろう。

なら、何故いつも放置プレイなのだろう。よくわからない。

エレベーターを降りて廊下を歩きながら、まぁ別にいいんだけど、と1人胸の中で思う。

作業スケジュールに余裕があること自体は別に困らないし、周りからは「放っておけば他の社員の仕事もバランスを取ってくれる」と期待されている節もあるが、期待に応えるために努力を強要されるわけでもないから、実害はない。仕事を求めていろんな人に話しかけなくてはいけないのが面倒だというくらいだ。

廊下の突き当たりに辿り着き、ドアを押し開けると、いろんな音が耳に飛び込んできた。

カタカタとキーボードを打つ音。紙が擦れるカサカサという音。室内を歩く誰かの革靴の音。上司が部下に指示を出す声、それに答える声。そして、近くから聞こえる、寝息。

溜息を吐いて、ドアを閉める。

俺が仕事を探してあちこち歩き回るのは、そうする以外にどうすればいいのかわからないからだ。なんだかんだ言って俺は真面目なほうなんだろう。何かしら仕事をしていないと落ち着かないし、仕事をせずにいられる奴の気が知れない。

例えば、仕事中に髪型のチェックばかりしている男とか。

仕事中に芸能ニュースばっかり眺めているおばさんとか。

今そこで爆睡中の、成海とか。

「……起きろ給料泥棒」

揺れる頭を、ぱすん、とバインダーで軽くはたいた。

「ほぁ」

成海は間の抜けた声をあげて、前傾していた体と頭をゆっくりと起こす。

珍しく眼鏡をかけて、完全に寝起きの顔でぼんやりと俺を見上げながら、あまり開いていない目で瞬きをしている。

「入り口から丸見えの席でよく寝れますな」

その図太さに呆れつつ、仕事は真面目にやれと非難を込めた眼差しで見下ろした。

「……ん……ごめん……」

成海は目を擦ろうとして、化粧をしていることを思い出したのか、小さなあくびをこぼしながらのろのろとティッシュ箱へ手を伸ばした。

1枚引き抜き、それを何回か折って器用に目頭と目尻だけを軽く拭うと、またあくびが出て涙がじわりと溢れる。

いつもなら居眠り明けは「よく寝た！」などと開き直って伸びをしているのに、今日は随分大人しい。

「俺に謝っても意味ないでしょ」

そう返しながら、成海の隣の席に腰を下ろす。この席の主は小柳さんだが、彼女は今近くにいない。しばらく借りていても大丈夫だろう。

「どうかしたの」

バインダーを手元に置き、頬杖をついて成海のほうへ顔を向ける。

成海は肌コンディションを化粧でカバーするのが上手いので、血色の良し悪しはよくわからないが、少なくとも表情は精彩に欠ける気がする。

「んー……ちょっと寝不足なだけ」

成海は鞄を漁りながら、またあくびをしている。見るからに「ちょっと」じゃない寝不足だ。

「徹ゲー？」

「お前と一緒にすんな馬鹿……考えごと」

「……考えごと？」

金メッキに月の模様、カラフルなガラス玉があしらわれた、どこかで見たことがあるようなコンパクトを鞄から取り出す成海。それから眼鏡を外して、普段の半分程度しか開いていなかった目をくわっと見開き、そのコンパクトで目元をチェックし始めた。若干怖い。

これを何の頓着もなくやっているように見えて、実は俺以外の男性社員には見えないようにしているというところにあざとさを感じつつ、俺には見えているということが意味するところを思って小さく溜息を吐いた。

少しばかり複雑な気分で、目元の化粧を整える成海の指先をなんとなく目で追う。折りたたんだティッシュの角で、瞼の縁の黒っぽい何かで塗られた部分をなぞるように撫でる。滲んだ黒いものの輪郭が綺麗に整えられていく。

ふと、その目元が僅かに赤く腫れていることに気付いた。よく見てみれば、白目の部分も充血している。

考えごとをして寝不足。冴えない表情。腫れた瞼。それが指し示すのは。

「……また失恋？」

「またって言うな」

「失恋？」

「……だからって言い直すな」

「ふられた？」

「言い換えるな！　もー……そうですよどうせふられましたよ失恋ですよーだ」

　成海はコンパクトを置いて俺を睨(にら)んだ後、盛大に溜息を吐きながら頬杖をついた。

　不機嫌そうだがどこか心ここに在(あ)らずといった様子で、デスク隅の小物入れに腰かけた小さなＯＬ風のフィギュアを拾い上げ、弄(もてあそ)んでいる。

　その横顔を眺めながら、口を開く。

「……話、聞く？」

　他人の愚痴なんて、別に聞いても面白くもなんともない。特に、恋愛関係の愚痴は共感できることもほぼないし、慰めるとかそういうのは期待されても困る。

　けれど、成海の愚痴はよく聞く。仕事から恋愛から、もちろん同人活動なんかも。

　成海の場合は吐けるだけ吐かせてやればとりあえずは元気になるし、幼なじみなだけあって多少は理解できる部分もあるし、そもそも成海の話を聞くこと自体はそんなに苦ではないし。

　何より、やっぱり元気のない成海を見ているのは、嫌だから。

「……そうだなぁ……そうしよっかな……」

　腰かけスタイルのＯＬ風フィギュアの頭に、同じシリーズの天日干し布団スタイルのフィギュアをのせようと、しばらく地味な試行錯誤(しこうさくご)を繰り返した後、それらを元の位置に戻し、成海は大きく伸びをした。

「よーし、そうしよう！　定時で上がって宏嵩(ひろたか)の奢(おご)りでご飯行って愚痴る！」

「……奢るとは一言も言ってませんけど」

「声かけてきたのは宏嵩だし？　相手は傷心の女の子なんだし？　ここは男として奢るとこじゃないか

ね、二藤くん」

成海はピンと伸ばした人差し指と親指の間を顎に添えてニヤリと笑う。無駄にキラリと輝く歯が眩しい。

さっきまでの憂鬱な空気はどこへ行ったのか。

元気になるのは良いことだが、ここまで態度が変わると軽くイラっとする。成海らしいといえば成海らしいのは確かだが。

「……まぁいいけど。でも今日は帰って寝たほうが良いんじゃないの？　寝不足なんでしょ」

「えー」

「明日でも明後日でも話聞くから」

「その日の愚痴はその日のうちに！　って言うじゃん」

「聞いたことないっすな」

「1杯だけ飲んだら帰るからー」

「酒もたかる気か」

「仕事帰りにご飯食べるのにお酒ないとかありえないじゃん」

「どこの中年サラリーマンだよ」

「宏嵩だってお酒好きじゃん」

「俺はおっさんですから」

「ん？　タメの私に喧嘩売ってるのかな？」

「まぁなんでもいいけどさ」

頬杖をついたまま、視線を成海の向こう側、机の左端に積み上げられている紙の山へと向ける。

「あれは、今日までの仕事じゃないんだよね？」

成海は一瞬何のことかわからないというような顔をした後、ゆっくりとそちらを振り返って、凍りついた。

標高20センチはあろうかというその山。それだけで言えば大した量には見えないかもしれないが、一般的なコピー用紙の厚さは０．０９ミリだから、印刷で多少歪む分などを考えても２０００枚前後はあるだろう。

成海の反応から察するに、締切は今日中。現在時刻は午後2時過ぎ。定時まではあと約4時間。あれを全て1人で片付けるには、毎分8枚以上処理する必要がある。あの紙が何の紙でどう処理する必要があるものなのかはわからないが、どう考えても7秒半で1枚処理するのは成海じゃなくたって無理だろう。

「あれ、何？」

「……今月やったセミナーのアンケート……評価とコメントを集計してまとめろって……」

成海は絶望の表情を浮かべている。

小柳さんの席から立ち上がって紙の山のそばへ寄り、頂上からひと掴み程度を手に取って、ざっと目を通す。

評価項目は9つ、それぞれコメント欄付きで、最後にフリーエリアがある。見たところ、コメント欄もフリーエリアも、記入があるものはごく稀だ。

これを今から集計するとなると、残業不可避、終電回避コース（乗り逃す的な意味で）だろう。

一通り把握したところで振り返ると、成海は顔面から机に突っ伏して「今日が終わるまでに終わる気がしない……」と墓石の下から出てきたゾンビのような声で呟いていた。

……仕方ないな。

ふう、と1つ溜息を吐いてアンケート用紙の山をおおよそ半分に分けながら、成海のほうへ顔を向けずに声をかける。

「集計のフォーマットあるんでしょ。それ俺に送っといて」

「……ゔぁ……？」

大体同じ高さになった山の片方からひと掴み取って、手元の山に加える。それを机でトントンと整えて、ゾンビボイスの出どころのほうへ向き直ってみると、成海はうつ伏せのまま首だけ動かして俺を見上げていた。その目は見事な「死んだ魚の目」というやつだ。

「手伝ってやんよって言ってんの。俺は今日中のタスク終わったから」

俺の言葉を聞くなり、成海は目を見開いて勢いよく上体を起こし、手を合わせ始めた。

「あ……あなたが神か……」

「何でもいいから、自分の分終わらせろ。タイムリミットは19時。それまでに終わらなかったら今日はメシ行かない。おk?」

「おkであります!」

立ち上がって敬礼をした成海の頭を1度、ぽん、と叩(たた)いて俺は自席へと向かった。

「かんぱーい」

「乙ー」

カン、とビールジョッキを軽く打ち鳴らしてから、お互いにまずは一口。しゅわ、と喉(のど)を通る炭酸の刺激と、舌に残る苦味、鼻に抜ける麦の香り。仕事の後に飲むビールは、やっぱり美味(うま)い。さほど疲れたと感じていないときでも、その僅かな疲れをどこかへ攫(さら)っていってくれるような感じがする。

「いやぁ、ホント助かった! 1人でやってたら残業っていうかもはやお泊まりコースだったわー」

「でしょうね」

手分けして(かつ俺が少し多めに)作業したおかげで、定時には間に合わなかったものの、2人とも50分の残業でなんとか終えることができた。

もう一度ビールジョッキを傾けて一口飲むと、隣に座った成海がこちらに向き直ってぺこりと頭を下げた。

「この度は誠にご迷惑をおかけ致しました。今後とも何卒(なにとぞ)よろしくお願い申し上げます」

「今回だけだからね、言っとくけど。俺も暇じゃないんで」

実は割と暇なんだけど。

いい大人で社会人なのだから、下手に甘やかさないのがお互いのためだろう。

「冷たいなぁ」

「普通です」

お通しの和え物に箸を伸ばしながら、目の前のカウンターにのったアルコールメニューを眺める。特に変わった酒はなさそうなので、次は適当な芋焼酎でも飲もうかと当たりをつけながら口を開く。

「あれ、今日もらった仕事じゃないでしょ、流石に」

「うん、確か月曜とかにもらったやつ」

「……なんで終わんなかったの？」

「あれもらった後に急ぎの仕事が来て……なんやかんやして……その、記憶の彼方へと」

そんなことだろうとは思っていたものの、いざ成海の口から聞くと、溜息しか出ない。

物理的にすぐそこにあるものが何故記憶の彼方へ消えていくのか。

ウチの会社の採用担当は、何を思ってこのダメOLを中途採用してしまったのだろう。

「タスク管理くらいしような」

「……はい、再発防止に努めます……」

ちらと目を向けてみると、成海は椅子の上で両手を膝にのせ、縮こまって項垂れている。多少は反省しているのだろうか。

「……仕事の話終わり。何食べる」

もう1つだけ溜息を吐き、カウンターに置かれたメニューを開いて成海と自分の間に置く。

職場の先輩として忠告をしたのだから、真摯に受け止めてくれるのはいい。けれど、それで成海に萎れられてしまうと、どうしていいかわからなくて困る。

　とりあえず話題を変えようと試みたところ、

「あっ、そうそう！　さっき食べてみたいの見つけたんだよねー！　えっとねー、どれだっけなー」

　この変わりようである。

　多少は反省しているのだろうか。本当に。

「……まぁ好きなの適当に頼んどいて。俺もつまむけど」

「おっけー！」

　成海と一緒に仕事することとか、まずないし。

　俺は上司でも教育担当でもないし。

　別に、いいか。

　……いいか？

　そこはかとなく釈然としないものを感じながら、ジョッキを傾けて1杯目のビールを飲み干した。

　成海は数分間かけて、あれが食べたい、これも食べてみたい、それも美味しそうなどと散々迷ってから、いくつかの料理と2杯目の飲み物を注文した。

　ついでに自分の分の焼酎とたこわさを注文して、店員が下がった後、成海に非難の眼差しを送った。

「1杯だけ飲んだら帰るんじゃなかったのかね、成海どん」

「まぁまぁ堅いこと言うなよ、宏嵩どん」

　成海はひらひらと手を振ってジョッキを傾ける。

「帰りの電車で寝すごすなよ」

「ダイジョブダイジョーブ、なるちゃんヲシンジテー」

「成海だから信じらんないわけなんですがそれは」

　即答してやると、成海は泡だけが残ったジョッキをカウンターに勢いよく置いた。タァンと音を立てたジョッキから、少しだけ泡が跳ねてカウンターに落ちる。

「幼なじみの言うことが信じられぬと申すか！」

「幼なじみだから信じられないんだろ」

「ぐ……っ」

成海が呻(うめ)いたところで、ちょうど飲み物とスピードメニュー系の品物が届いた。これ幸いとばかりに成海は俺から顔を逸(そ)らして、店員が適当に置いたグラスを俺の空になったジョッキと入れ替えたり、食べ終わったお通しの皿を店員に渡したりし始めた。普段絶対にしないようなことをいきなりしたものだから、むしろ店員を困らせている。

とりあえずなんとか店員が置くべきものを置き、下げるべきものを下げていった後、その店員を見送っていた成海の表情からふっと力が抜けた。頬(ほお)と口の端は上がっていて、笑顔のはずなのに、まるで無表情のように見えた。

「……どうしたの」

思わず声をかけると、成海は一瞬視線を下げた後、カウンターに向き直って自分の2杯目のビールジョッキに両手を添えた。

「いや……なんか、さ」

その声にもいつものような明るさが感じられない。

今日の昼間に見たあの感じだ。

「宏嵩に愚痴るんだって言って出てきたけどさ……いざ愚痴ろうと思ったら、何聞いてほしいのか、わかんなくなっちゃってさ……」

ジョッキをすうっと指で撫で、結露した水滴が流れていく様を眺めながら、成海は呟くような調子でそう言った。

仕事や趣味で上手くいかないことがあっても、男に振られても、怒るか泣くかがいつもの成海のパターンで、雨あられと降り注ぐ愚痴を聞いてさえいればあとはすっきりしていたのに。

「……成海？」

名前を呼んでみても、成海は顔を上げない。

新しいパターンだ。

どうしたものか。

　グラスに口をつけて、傾ける。ふわりと甘いような香りがして、喉の奥から胃のあたりまでが熱くなる。

　ゆっくりとその熱が消えていくのを感じながら少しだけ考えて、口を開いた。

「……俺は、いくらでも話聞くし、話聞くくらいしかできないから。思いついたこと、何でも話してみれば」

　グラスを置いて成海を見下ろすと、成海は俯いたまま微かに笑った。

「宏嵩って、無関心そうに見えて、意外と優しいよね」

「……そういうこと言ってると帰るぞ」

「えー」

　少しだけ、いつもの成海に戻った気がする。内心でほっとした。

「まぁじゃあ、お言葉に甘えて……喋らせてもらおうかな」

　成海が顔を上げて少し背筋を伸ばすと、今度は揚げ物やら焼き物やらがいくつか届いた。成海は姿勢良く座ったまま、大人しくしている。

　成海による妨害を受けなかった店員は空いたスペースに料理の盛られた皿を置き、除けておいた空の皿を回収し、あっという間に下がっていった。

　それから数秒待って、成海は箸を持ち上げて話し始める。

「1ヶ月くらい前かな、花ちゃんと喫茶店デートしてたんだけど……そこで偶然、大学の先輩に会ってさ」

　そう言って成海は、軟骨唐揚げを1つ口に放り込んだ。

「ひょ、ひょの人、おなひひゃーふる入っへへ、ひょっほいいひゃーっへほもっへはんらひょれ」

「日本語でおk」

揚げたての軟骨唐揚げに涙目になりながらはふはふ喋る成海を見かねて、お冷のグラスを差し出す。

成海は受け取ったお冷を1口2口飲んで、はふうと息を吐くと、改めて話し始めた。

「すまん、助かった。で、えーっと、なんだっけ。そうそう、その先輩っていうのが大学のとき同じサークルでさ、ちょっといいなーって思ってたのね。でも私が1年の時にその先輩は4年だったから、就活に専念するって言って、すぐにいなくなっちゃったの」

そこでまた軟骨唐揚げに箸を伸ばそうとした成海は、はっとして手を引っ込めた。学習したらしい。

「で、まぁその先輩に再会して、LINEのIDとか聞かれてさ、連絡取るようになったの。仕事何してるの？　とか、土日はよくあのとき一緒にいた子と遊んでるの？　とか、色々聞かれてさ。おっとこれはもしかして脈アリじゃね、とか思ったわけよ」

軟骨唐揚げを回避した成海はパリパリした何かののった豆腐サラダを自分の皿に取り分け始める。

「そんで昨日電話でさ、今週末は花ちゃんと映画観てくるんですーって話したら、俺も行っていい？　って聞かれてさ、花ちゃんと3人でじゃなくて今度先輩と2人きりで行きたいなーって言ってみたんだけど、そしたら、そんな気安く男と2人きりで出かけたいなんて言っちゃダメだよ、とかって言うわけ。でさ、私はここプッシュかけるとこだーと思ってさ、『私は先輩のことが好きだから、2人で行きたいなって思ったんです』って、言ったの。なんて返してきたと思う？」

豆腐サラダについてきたトングでビシ、とこちらをさす成海。

結末は、大体読めた。

「……なんて言われたの？」

先を促してやれば、成海は静かにトングを置いて7対3の綺麗な比を描くビールジョッキをガッと掴んだかと思うと勢いよく呷り、半分ほど中身を空けてカウンターへ叩きつけるように置いた。

さっきも割と激しくジョッキを机にぶつけていたが、机は大丈夫だろうかと、ちらりと思った。

「『あれ、もしかしてなんか勘違いしちゃった？ ごめんごめん、俺花子ちゃん狙ってたんだよね。成海ちゃんは俺的にちょっとないかなーって』」

成海はこちらを向いてヘラヘラ笑いながらヒラヒラ手を振り、チャラ男風にそう言ったかと思うと、

「……だとよ」

一瞬にしてどこぞの成人漫画の凄腕スナイパーのような深いシワを眉間に刻み、吐き捨てるように言い放った。

「電話越しだったとは言え、仮にも女の子の告白を『勘違い乙ｗｗｗ』で片付けるとか、なんかもう一瞬で冷めてさ。『花ちゃんにはあなたなんかより100万倍ステキな彼氏がいますんで無駄な横槍入れないでください』って言って電話切ってやったわ。まぁホントは彼氏いるのかも知らないんだけどさ」

吐き出した息とともに、濃ゆい陰影を作っていた表情筋から力が抜けていき、いつもの顔に戻った成海は頬杖をついた。

よくもまぁ次から次へとろくでもない男にばかり惚れるものだと半ば感心するが、ここまで聞いた限りでは、いつもの愚痴と大差ない。昼間に見たあの途方にくれたような表情の原因はどこにあるのだろう。

そう思いながらグラスを持ち上げると、成海の頬杖はズルズルとカウンターの上を滑って傾いていき、やがてこちらに顔を向けたままぺたんと突っ伏してしまった。

「なんかもうそのときはあんなデリカシーのない奴

に惚れた私が馬鹿だったーって思ったんだけどさぁ……寝る前になって、私って『ないわー』とか言われちゃうような女なのかなぁって考えちゃってさ」

むに、とカウンターに押し付けられた頬が潰れ、こもった声で成海は続ける。

「まぁ気付いたら朝だったっていうね」

グラスから落ちた水を指先で弄ぶ成海の目は、じっとその指先と滴とを見つめている。

不貞腐れたような顔をしてはいるが、多分それは半分おどけているつもりで、本当は一晩眠れなくなるくらいには本気で悩んでいたんだろうというのがうかがえた。

「貧乳」とか「チビ」とか「顔が好みじゃない」とか「オタク」とか、そういう理由をつけて拒絶されるのなら、傷付きはしても納得はできただろう。それならいつもと同じ、ただの失恋で済んだはずだ。

「成海ちゃんは俺的にちょっとないかなー」では、何もわからない。「何が悪かったんだろう」「どうすればよかったんだろう」と、答えのない自問自答を延々と繰り返すしかなかっただろう。

仕事と同じだ。せっかく作ったドキュメントを提出して「どこがダメ」も「何がダメ」もなく、ただ一言「ボツ」とだけ言われるのは、正直しんどい。

けれど、「ボツ」としか言われなくとも、そこには結局理由があって、本質的には「どこがダメ」「何がダメ」と言われることと大差はない。

まぁ、稀に「気にくわなかっただけ」とか「言ってみたかっただけ」とかいう理由とは到底言えないような理由だったりすることもあるし、言われた側からすれば、とにかく萎えるというのは確かだが。

「成海は、ピカチ○ウ推しじゃん」

「……はぁ?」

焼酎を一口。

成海は机に張りついたまま、目線だけを上げてこちらを見ている。かなり怪訝（けげん）な表情で。

「ポ○モンの話」

「……はぁ」

「初代とか、成海はピカチ○ウ育ててたじゃん」

「育ててましたね」

「なんで？」

「だってかわいいじゃん」

「かわいさっていらないでしょ」

「いやいるでしょ」

「フーデ○ンとかいいじゃん」

「交換させられましたね、進化のために。まぁ私的になしだったたから使ってないけど」

「マルマ○ンとか」

「自爆ウザかったわ。まぁそうでなくてもウチの子にはなり得ないけど」

頬杖をついて、成海を見下ろす。

「つまり、そーゆーことでしょ」


成海の顔には、極太マッキーで書いたかのようにくっきりはっきりと「何言ってんだこいつ」という文字が浮かんでいる。

「『ないわー』って思うでしょ、俺のパーティ。俺は成海のパーティこそ『ないわー』なんだけど」

「……はぁ」

「それは単に、根本的に選考基準が違うからって話でしょ。いいも悪いもない、その選出の根拠自体が理解できないから、何がどうダメとかっていうか、ないわーってなるわけ」

成海は俺を見上げたまま数秒処理落ちした後、じわじわと微妙な顔になりながらゆっくりと体を起こした。

「なんか……わかるような、わかんないような……」

「要は気にするほどのことじゃないって話」

わさわさと成海の頭を撫でてやってから椅子から

下りると、成海がのろのろとこちらを向いて首を傾げる。

「トイレ」

一言断ると、成海は「いってらっしゃい」なんだか「とっとと行ってこい」なんだか、ぱたぱたと手を振った。


トイレから戻ると、成海はほんのり赤みを帯びた顔でビールをちびちび飲んでいた。

「ただいま」

「ん……おかえり」

なんとなく、声と話し方もふわふわしている気がする。椅子に腰かけながら少し顔を覗き込んでみると、成海の目はとろんとしていた。

「酔ってる？」

「んー……そうかも。まだ全然飲んでないのになぁ」

「寝不足だからじゃないの？」

「かなぁ」

赤くなった頬をむにむにと弄びながら、成海は間延びした返事を返す。

会社の飲み会では「すぐ酔っちゃうんでぇ」とか言っているらしいが、本当はそこそこお酒に強い成海がこんな風に酔っているのは初めて見た。

「今日はもう帰るか」

「えー……もーちょい付き合ってくれてもいーじゃん」

「酔っ払いは早く帰って寝なさい」

「そんなに酔ってないから平気だもーん」

「俺は駅までしか送れませんが」

「ちゃんと自分で帰れるから大丈夫ですー」

成海は唇を突き出してぶーぶーとそんなことを言う。

子供は正直苦手だが、こういう子供っぽいことをする成海はなんだかんだでかわいい。ちょっぴりドキッとしてしまう。

が、そのかわいい成海が両手で掴んでいるのはビールジョッキだ。中身はもちろん「こどもののみもの」ではなく「おとなののみもの」だ。

かわいいとか思ってる場合じゃない。こいつは酔っ払いだ。しかもそこそこ面倒臭い感じの。

どうにかすべきだとは思うのだが、なにぶん初めて遭遇したステータス異常なので、本当に大丈夫なのか大丈夫じゃないのかがよくわからないし、対処法もわからない。とっとと家に帰したほうがいいだろうか。

いや、さっきまでは割と普通に話していたのだし、少し休めば酔いも覚めるかもしれない。それに、酔っ払いをそのまま放流するのは危険な気がする。

いずれにしろこれ以上酒を飲ませるべきではないだろう。とりあえず水を飲ませて様子を見てみようか。

暫定(ざんてい)方針を定め、成海のビールジョッキを取り上げようと手を伸ばしたところで、気付いた。

寝てる。ついさっきまで喋っていたのに、いつのまにか成海はジョッキを掴んだまま寝ている。

「……おーい」

声をかけてみても反応なし。

カウンターへ突っ伏すでもなく、椅子にきちんと腰かけたまま、首がかくんと下を向いただけの体勢。決して寝やすくはないだろうに、寝不足に酒が入ったせいか、すうすうと静かに寝息を立てて寝入っている。

テーブル席なら起きるまでそのまま放置してもいいのかもしれないが、カウンター席は流石に不安定で危ない。テーブル席に移動させてもらおうにも、見える範囲の席は全て埋まっているし、これだけの混雑状況で連れを寝かせるためだけにテーブル席に座らせてほしいとは言い出しにくい。

念のため時計を確認すれば、時刻はまだ20時半前。電車の心配だけはしなくても良さそうだ。

まずは店を出て、どこかで成海を休ませよう。駅前のバスターミナルあたりならベンチがあるはずだ。

1つ溜息を吐いて、手を挙げる。

「すいません、お勘定お願いします」

「ありがとぉございまぁ——っす」


「……ふぬぁ」

耳元で、意味のわからない呟きが聞こえた。

一応首を動かして成海の顔を覗き込んで見るものの、やっぱり起きる気配はない。

溜息を吐いて、引き続き爆睡中の酔っ払いに肩を貸しながらゆっくりよたよたと歩く。

会社から駅を挟んで反対側は、よくあるオフィス街の中の飲み屋街だ。安い居酒屋チェーンや、ラーメン屋のでかい看板がそこかしこに掲げられ、通りはやたら明るい。

会計後、成海はどれだけ揺すっても声をかけてもデコピンをしてみても目を覚まさず、結局半ば担ぎ上げるように肩を貸して店を出てきた。

駅前のバスターミナルまではたいした距離でもないし、どうにかなるだろうと思ったのだが、成海という大荷物を担いだ俺にはたいした距離だったし、今となってはどうにかなる気がしない。

成海は寝ながら辛うじて足を動かしてくれているものの、なにぶん意識がないので1人で立つことができず、ほぼ全体重を支えてやらなければならない。

多分おんぶかだっこができればそのほうが楽だろうとは思うが、生まれてこのかた義務教育の体育以外でまともに運動なんてしてこなかった俺にそんなことができるわけはない。

仕方なく今の形で歩いているわけだが、頭2つ近く身長差があるものだから、俺は常に中腰で歩かねばならず、右肩に成海、左肩に自分と成海の分のカバンを引っかけて歩くこと数分、俺の体は既に悲鳴をあげている。

とても駅までなんて歩ける気がしない。

かといって、どこで誰がマーライオンごっこを楽しんだかもわからない道端に成海を下ろすわけにもいかない。

軋むきし体をなんとか動かしながらどこかに休めるところでもないかとあたりを見渡すと、飲み屋の看板の波の向こう側、少し高い位置にチカチカと光る非常にわかりやすいピンクのネオンが見えた。まぁいわゆるラブホテルというやつだ。

確かに「ご休憩」できる場所だが、あそこに行くわけにはいかない。エロ同人なら背に腹変えられないとか言って入って、なしくずしにハイライトを迎えるところだろうが、現実にそんなところへただの友達を連れ込んだら普通にアウトだ。

駅のほうへ視線を戻して、ずり落ちてきた成海を担ぎ直す。

そうだ。俺は、ただの友達だ。

タイプじゃない、恋愛する気なんてないと言われた、ただの友達。

それ以上でもそれ以下でもない。

なのに、俺は何を頑張っているんだろう?

今日だってそもそも愚痴なんか聞かずにとっとと帰ってゲームでもしていればよかったものを、成海に付き合った結果この有様だ。

どんなに優しくしたって、決してフラグなんか立ちはしないとわかっているのに。なんと言っても俺は「大事なヲタク友達」らしいから。

だったらいっそ、すっぱり諦あきらめる努力でもしようか。このまま成海をあのホテルに連れ込んで、関係修復できないくらいの酷いことをしてやろうか。それこそ、エロ同人みたいに。

一瞬、立ち止まってホテルの看板を見上げる。

……うん、ないな。

一瞬でいかがわしいシミュレーションを投げ捨てて、歩き出す。

もちろん男として好きな女の子にしたいあれやこれやがないと言えば嘘にはなるが、嫌われてまでそんなことをしたいとも思わないし、そもそも嫌われたくらいで成海のことを諦められる気もしない。

この10年、成海のことなんて忘れていたはずだったのに、いざ再会したら、成海への気持ちはあの日から少しも変わっていなかった。まるで、冷凍保存でもしていたみたいに。

だからきっと、また成海と離れることになっても、その気持ちをまた冷凍庫に戻すことになるだけで、捨てられはしないだろう。

無駄にもやもやとした考えごとをしながら、なんとか機械的に動かしていた足の動きが、とうとう油でも切れたように鈍くなってきた。

いい加減しんどい。慣れない肉体労働で酒が回ってきたのか、頭がぼんやりする。この状態で駅まで歩くとか、どう考えても無理ゲーだ。

ふと、先ほどまで無駄に明るく照らされていた足元が少しだけ暗くなっていることに気付いた。顔を上げてみると、ちょうどそこは小さな公園の入り口だった。

その公園にはそこそこ電灯が立っていて、木が並んでいるあたりは多少影が多いものの、決して暗くはない。どちらかといえば、周りのビルが明るすぎる。見たところ、遊具の他にベンチもあるし、飲み屋街の中にある割に小綺麗で、タバコ臭くもない。

酔っ払いを休ませるにはうってつけだ。

これはもう神のお導きとかいうやつに違いない。信仰心の持ち合わせはないが、ここはありがたく導かれることにしよう。

大荷物を抱え、無理な体勢で歩いてきたせいで靴擦れを起こしたらしい足をなんとか引きずり、一番近いベンチへと向かった。

１００メートルあるかないかという距離を数分かけて歩き、どうにかベンチの前へ辿り着いたものの、半ば担いだ状態の成海をどうやって座らせたものかとそこからさらに格闘すること数分。なんとか安定してベンチに座ってくれた成海（ただし目は覚まさない）の横に、崩れ落ちるように腰を下ろした。

溜息を吐いてベンチの背もたれに寄りかかる。数年ぶりの肉体酷使で汗だくになった体に、インナーがぺたりと貼（は）りついたのがわかる。けれどそんな些（さ）細（さい）なことなど気にならない。とにかく肩の荷（物理）が下りた解放感にどっぷりと浸る。

背中の中ほどまでしかない背もたれに体を預けると、自然と首が上へ向く。その視界には公園の木の頭部分と、あまり星の見えない空と、かっきりとした長方形のマンションが映った。暗くてマンションの全体像はよく見えないが、ガラス張りのエレベーターが見える。そこそこお高いマンションのようだ。

マンションの輪郭に沿って視線を下ろしていくと、この公園へ通じる通路らしきものが見えた。もしかするとここはあのマンションの敷地内なのかもしれない。だからやたら管理が行き届いていて綺麗なのか。

ぼうっと考えるともなしにそんなことを思いながらふと成海のほうへ視線を向けると、先ほどきちんと座らせたのに少しばかり姿勢が崩れてしまっていた。

それに伴って、ずり上がったスカート。いつもより僅かに広がった肌色の面積。

　別に、下着が見えているわけではない。ほんの少しスカートの裾が元より上の位置になってしまっているだけで、元からそういう長さのスカートだってある。

　けれど、何故だろう、なんだか見てはいけないものを見てしまったような、そういう気分になるのは。

　とりあえず、目を逸らしてみる。が、それは自分の視界から問題を追い出しただけであって、成海の太ももが露わになっているという事実は変わらない。

　成海はあれでいて普通の女の子だから、通りがかりの見知らぬおっさんに太ももを見られたりしたくはないだろうし、見知らぬおっさんじゃなくたって、俺みたいなどうでもいい男の隣でそんな格好で眠るなんて嫌だろう。まず寝るなという点についてはとりあえず目をつぶっておく。

　仕方ないので、スーツのジャケットを脱ぐ。タバコ臭いだろうし、凄まじい運動をしたばかりなので汗臭いだろうが、まぁ着せるわけでなし、あまり気にならないはずだ。

　相変わらず穏やかに寝息を立てる成海の太ももにジャケットをかけてみる。けれど、値段の割に仕立てのいいジャケットはそこそこ重いせいか、どうしても滑り落ちてしまう。しかたないので、体の脇に垂れていただけの成海の腕をそっと掴み、ジャケットを押さえるように膝の上へと置いてみる。

「んぁ……？」

　と、そのとき成海が声を出した。

　顔を上げると、半分だけ目を開けた成海がぼんやりとこちらを見ていた。

「起きた？」

　声をかけながらベンチに座り直す。

　成海は寝ぼけ眼であたりを見渡した。

「駅のそばの公園」

成海の疑問に先回りして答えてやる。

すると成海はまたこちらへゆっくりと顔を向け、数秒の間の後、口を開いた。

「なんでここにいるんだっけぇ？」

「俺が成海を担いで店出て、ここで休んでた」

「……なんでぇ？」

「成海が店で爆睡し始めたから」

「……あー……」

まだ酒が抜けていないのか、いつもよりも緩慢な動作と間延びした口調。そして大あくび。

「ふぉあ……いま何時？」

「9時くらい」

「そっかぁ」

成海はベンチに座り直そうと、軽く腰を浮かせる。

そのとき、太ももの上から落ちそうになっているジャケットの存在に気付いた様子で、あれ、と小さく声を上げた。

「これ、宏嵩の？」

「じゃなかったら誰のだよ」

「通りすがりのイケメンとか」

「俺のですいませんね」

「あはは、うそうそ。ありがと、あったかい」

そう言って成海はジャケットを腹あたりまで引き上げたが、それでも俺のジャケットは成海の膝下まではある。

「宏嵩は優しいなぁ」

ジャケットを見下ろしながら、成海はどことなく寂しげに見える笑みを浮かべた。

どうしたのかと思っていると、成海はゆっくり俺に寄りかかってきて、右肩にもたれかかりながら目を閉じた。

触れた部分からは直接、触れていない部分からは空気越しにじわりと、成海の体温を感じる。

温かい。

いうほど気温は低くない。自分の体温は確かに平均より多少低いが、とはいえ人間として常識的な範囲内で、成海との体温の差なんてほとんどないはずなのに、成海から感じる温度は温かく、心地良い。

「宏嵩みたいな人が彼氏だったらいいのになぁ」

吐息と一緒に、何気なく、静かに吐き出された言葉。

その言葉が鼓膜へ届き、信号に変換されて脳へ辿り着いて、言語として処理されたところで、まるで大きな石でも呑み込んだみたいに喉の奥のほうで何かがぐっとつかえて、一瞬息ができなくなった。

その石はたくさんの角で喉の内側を突き刺しながら、重力に引かれてずしんとした重みをもつ。

それを吐き出すことも嚥み下すこともできないまま、気がつけば口を開いていた。

「じゃあ」

けれど、言葉は続かない。

じゃあ、なんなんだ。ただの「ヲタク友達」の俺は、何て言うんだ？「恋愛なんてする気ない」と言われた俺が、何を？「宏嵩みたいな人」は、あくまで俺「みたいな」人であって、俺ではないのに。

口を開けたまま止まっていた間抜けな自分に気がついて、溜息を吐く。

成海は何も言わない。肩を動かさないようにしながら様子をうかがってみれば、案の定眠っていた。

もう一度息を吐いて、空いた左手で眼鏡を外して空を仰いだ。

ピントの合わない視界に映るのは、輪郭のない深緑色の木々の先端と、限りなく黒に近い濃紺でべた塗りされた夜空だけ。星は見えない。

目を閉じてみても、見えるものはほとんど変わらない。左腕で両目を覆ってみても、やっぱり視界に変化は起きなかった。

例えば、「じゃあ」の後の言葉が言えていたら、

成海はどうしただろう。

きっと、困った顔で笑うんだろう。「そういうつもりじゃなかった」と言って。

でも、もしかしたら。ひょっとしたら。

可能性はゼロではないかもしれない。

ゼロではないかもしれないけれど、その光景は少しもイメージできなかった。

成海が他の男のことで悩んだり泣いたりするのが嫌だ。成海の一番そばにいたい。成海の一番になりたい。友達ではなくて、男として。

これが今自分が思う全てであって、それが一般的に恋人と呼ばれる立ち位置だというだけだ。

だから、恋人同士になれたら何がしたいかというイメージが湧(わ)かない。

そもそも一般的な恋人同士がどうやって接するものなのか、今ひとつわからない。

ギャルゲもエロゲもほとんどやらないので、2次元の世界からすらソースがない。

もし、お付き合いができたら。2人の関係を表す言葉が「友達」から「恋人」に変わって、手を繋いだり、キスをしたりするようになって。

それだけ、かもしれない。それ以上でもそれ以下でもなく、ただそれだけ。

そして、それがずっと続く保証もない。結局、気持ちを伝えて拒絶されるのと同じところへ辿り着く可能性だってある。

そうだとしたら、何も言わないままのほうがいいのかもしれない。

今のまま、何も起きず、何も起こさなければ、きっとずっとそばにいられる。リスクを負うくらいなら、現状維持でいい。

そう思うのに、そう結論付けようとすると喉の奥の石が重みを増して、上手く息が吸えていないような錯覚に陥る。

いっそ、全部伝えてしまえば楽になるのだろうか。

結果がどうなったとしても、「俺だったらきっと泣かせたりしないのに」と思いながら、瞼の腫れた成海を慰めたり、こんな風にもやもやと悩んだりすることもなくなるだろう。

そのかわり、10年越しの再会の奇跡は無駄に終わるかもしれないし、いつ終わるともしれない不確かな関係に日々不安を募らせることになるかもしれない。

結局、どのルートを選んでも楽ではないのだろう。

それなら、賭けに出てみるのも悪くはない。

でも。やっぱり。だけど。

天秤は右にふれたかと思えば左へふれ、止まったかと思えば動き出す。答えは出ない。

閉じたままだったことを忘れていた瞼を持ち上げて、眼鏡をかけ直すと、外灯のなんてことない灯りがやけに眩しく感じた。


目を閉じたりうっすら開けたりして目が慣れるのを待ってから、視線を右肩へと向けてみる。

当然ながら成海は座高も低く、俺の肩に頭をのせることなど不可能なので、肩のあたりに寄りかかる形で眠っている。

その寝顔はといえば、軽く上を向いているせいで口が半開きになっているし、髪はぐしゃぐしゃだし、時折「んあー」という鼻にかかった奇声をあげるし、会社での完璧な猫被りっぷりが嘘のようだ。

俺には成海以外に友達らしい友達なんていなかったので、通常の友達の距離感というのはよくわからないが、仮にも男である自分に対して、これは流石に油断しすぎなんじゃないだろうか。

それが完全に男として認識されていないからだというのはわかっている。

けれど、うっすらと、もしかしたらそれだけではないかもしれない、とも思う。

もしかしたら、それはただの友達でも、男でもなくて、俺だから、だったりするのだろうか。

まじまじと寝顔を眺めていたら、成海は急に顔をしかめて俺の肩へ頭をぐりぐりと押し付け始めた。なにやら頭と首の角度を変えながら何度か軽い頭突きを繰り出した後、ちょうどいい位置を見つけたのか、大人しくなった。

今この瞬間、成海にとっての俺は、電車のドア脇部分の壁と同じかもしれない。7人がけとかの端の、通勤ラッシュや帰宅ラッシュ時に学生、サラリーマンに束の間の休息をもたらすあれだ。

でも、あの壁の代わりになれるのが、男ではないけど友達でもない俺だからだとしたら。

ふ、と声が漏れた。鏡がないのでわからないが、多分自分は今笑っているんだろう。

体を動かさないように気をつけながら、左手でズボンのポケットからスマホを取り出す。

右肩は動かせないが、肘から先は辛うじて動かせるので、右の太ももの上でなら両手でゲームができる。

とりあえず、今考えるのはやめた。今の状況も、案外悪くない。苦しいと感じる瞬間はあるけれど、死ぬほど辛いわけでもない。

そう遠くないうちに限界は来るだろう。そうしたらきっと、その先についての不安なんて忘れて、「じゃあ」の続きが言えるだろう。

だから、今は、今のままでいい。

そう結論を出して、ふすー、という寝息が静かに響く中、成海の体温と重みを感じながら、リアル右腕縛りプレイを開始した。

遠回りスタートライン

❤

toomawari start line

「宏嵩くん！」

成海ちゃんが笑っている。笑いながら、ぼくの手を引いて歩いていく。

いや、走っている。結構な速度で走る、走る、走る。

ぼくは転びそうになりながら、成海ちゃんの手を放さないように頑張って走る。

ねぇ、そんなに急いでどこへいくの。

問いかけようとして顔を上げる。セーラー服を着た成海は振り返り、笑いながら俺に呼びかける。

「どうしたの、宏嵩」

答えようと口を開いて瞬きをすると、ずっと目の前にいたはずの成海が、いつの間にか随分遠くにいた。遠くの成海はピアスをつけた男と手を繋いで歩いていく。振り返りもせず、さらに遠くへ、遠くへ歩いていく。

気付けば成海の姿は見えなくなっている。

ふと、足元に目を落とす。

あれ、ここまでどうやって来たんだっけ。これからどこへ行けばいいんだっけ。どこにも行かなくていいんだっけ。もう、ここでいいんだっけ。

立ち尽くして、立ち尽くして。どれくらい経ったのかもわからない。立っているのかもわからなくなってきた。

向こうから誰かが歩いてくる。目も合わせずにすれ違う。

「宏嵩？」

後ろから声が聞こえる。振り返ればスーツを着た大人の成海がそこにいた。目が合うと成海はにこりと笑って歩き出す。つられて自分もまた歩き出す。

どこからか冷たい風が吹いてくる。成海はいつの間にかコートを着ている。肩からバッグをかけて、長い髪を揺らしながら歩く。笑ったり泣いたりしながら、成海は歩く。俺ではない誰かの手を取って、

Wotaku ni koi ha muzukashii

振り払われて、傷つきながらでも歩いていく。

俺は、そんな成海の後ろを歩いていく。

「やっぱり持つべきものは宏嵩だな～」

成海は笑う。

俺は立ち止まる。


「じゃあ俺でいいじゃん」

＋＋＋

目が、覚めた。

ピピピ、ピピピピと目覚まし時計のアラームが聞こえる。目の前には緩く握った右手、その向こうにはカーテンをかけた窓。遮光性の高いカーテンから直接光が漏れることはないが、そのせいか隙間(すきま)から漏れる光はやたら眩(まぶ)しい。

ごろりと寝返りを打って仰向けになる。白い天井。丸いライト。鳴り続けるアラーム。

『じゃあ俺でいいじゃん』

ようやく言えた「じゃあ」の続き。あれは、夢だったのだろうか。いや、しっかりと前後の記憶もある。行きつけの居酒屋でそこそこ遅くまで2人でゲームをした、その帰り道。成海が何気なく言った一言で、ずっと溜(た)め込んでいた思いを堰(せき)が切れたようにぶちまけた。そして成海からまさかの採用宣言を受け、いつも通り駅まで送っていって、別れた。そこまで、はっきりと覚えている。これで夢なのだとしたら、ＳＦ映画か何かのように、どこからどこまでが夢なのかという話になってしまう。

それに、夢ならもう少しきちんとした言葉で思いを伝えられただろうし、成海の反応も俺の願望を反映してもっとかわいいものになったはずだ。抱きついてくれるとか、頬(ほお)を赤くするとか。少なくとも半目で太い声で親指立てて「採用」の一言のみで終わるなんてことはなかったはずだ。

　あれが夢でなかったのであれば、つまりこれは、お付き合い開始、ということでいいんだろうか。まさか「来週末のイベントに売り子として同伴可能」という部分に対してだけ「採用」という意味だったなんてことはないだろう。

　……いや、ないとは言い切れないか。イベント時は連日の完徹によりボロボロの状態なので、あわよくば売り子を誰かに依頼したいが手配が間に合わない、と毎度毎度嘆いている成海である。俺が売り子を申し出たという事実がその他全てを脇に押しやってしまった可能性はある。

　そもそも、あれを告白だと受け取ってもらえたのだろうか。自分で言い出しておいて、真面目にきちんとまとめることができず最後にネタに走ったせいで、それまでの言葉も全部冗談だと思われてしまったという説もなかなか有力だ。

　それとも、返事をしたくなくて誤魔化したつもりだったりするのだろうか。

　どう答えたとしても「大事なヲタク友達」ではいられなくなるから、とりあえず売り子の話だけ拾って、あとは聞かなかったことにしてうやむやにしたい、ということも考えられるか。

　いや、もしかして、むしろ、まさか。

　様々な仮説が乱立し、ごちゃごちゃと秩序なく脳内を埋め尽くしていく。耳障りなアラームの音がその隙間をさらに埋めて、思考に使える脳内メモリの空き領域はあっという間に食いつぶされていく。

　息を吐いて、瞼を閉じた。目には何も映らないものの、カーテンの隙間から差す朝日のせいで、視界は真っ黒にはならない。瞼の上から蓋をするように腕をのせると、目の前の世界はいくらか黒に近づいた。

　成海がどういうつもりで「採用」と告げたのかは

正直わからない。けれど、どれだけ考えようとわかるはずもない。考えるだけ時間の無駄だ。

今日も今日とて仕事には行かなければならないので、あまりぐだぐだしているわけにもいかないし、会社に行けば成海に会えるわけだから、会って直接聞けばいい。きちんと答えてくれるかは別の問題だが。

とりあえず、そろそろ支度を始めないと。

両腕をのろのろと動かし、伸びのついでに未だにピピピとやかましく鳴り続けるアラームを止めた。

ぽーん、という電子音に続いて、目の前のエレベーターの扉が静かに開いた。

結局あれから家を出るのはいつもより5分遅れ、早足で歩いたものの、バス停に到着したのはいつものバスが発車した直後だった。そして次のバスが来たのは10分後。この時間になると渋滞が発生し始めるためバスの運行間隔が開き、同じ区間でも所要時間が10分近く長くなる。結果として、このエレベーターホールに辿り着いたのは始業5分前というギリギリな時間だった。とはいえ、始業30分前に着こうが始業ベルとともに着こうが、仕事を始める時間はほぼ変わらないし（早く着いてもタバコを吸うかスマホゲーするかだ）、勤務態度は基本真面目かつ納期は今まで厳守してきたため、遅刻さえしなければ誰にも咎められないし自分も気にしない。

こんな時間にわざわざ外へ出ていく人は滅多にいないので、降りてきたエレベーターには当然のように誰も乗っていなかった。空っぽのエレベーターに乗り込み、行き先階を押して「閉まる」ボタンを押す。しゅうっという軽い音を立ててドアがゆっくり閉まっていく。

「その、エレベーター……！　待ってくださぁい……！」

そこへ息切れしながら叫ぶ女性の声と、カンッカンッカンッという全力疾走中のヒールの音が飛び込んできた。

完全にドアが閉じる寸前で「開く」ボタンを押すと、再び開き始めたドアの隙間から、見覚えのある赤いリボン型の髪飾りと、これでもかというほど乱れに乱れた頭が滑り込んできた。成海だ。

「ぬおっ⁉」

今日はギリギリセーフか、なんて思っていたら、成海が低く野太い悲鳴ともつかぬ声をあげて前のめりに倒れかかる。とっさに一歩踏み出して正面から抱きとめようとしたが、うまく腕で受けとめることができずに思い切り胸に頭突きを食らった。一瞬息が止まる。痛い。苦しい。

「すっ、すみません！　大丈夫ですか⁉　……ってなんだ宏嵩か」

慌てた様子で顔を上げた成海は、俺の顔を認識するなりほっとしたように溜息を吐いた。

「なんだとはなんだ。普通に痛かったんですけど。頭突き」

「ごめんごめん。ヒールが隙間に落ちちゃって」

成海は少しだけ申し訳なさそうに笑って、足元に目を向ける。

「でも突撃したのが他の人だったらもう、恥ずかしすぎて一日仕事が手につかなくなるところだったわー。いやー、ホントぶつかったのが宏嵩でよかっ……」

成海は喋りながらドアの隙間に落ちたヒールを引き抜き、俺の腕に掴まって体勢を直したところで、突然ピタリと動きを止めた。その後ろでドアが微かな音を立てて閉まり、エレベーターがゆっくりと動き出す。

「……仕事が手につかないのはデフォじゃね？」

どうしたのだろう、と思いながら声をかけると。

「そ、そ、そんなことないひょっ⁉」

成海は、掴んでいた俺の腕をぱっと放し、ふいっとそっぽを向いて、軽く上ずった声で、若干噛んだ。そして向かい合って立っていたところから素早く俺の横1メートルくらいの位置へ移動し、ドアのほうへ向き直って階数表示に視線をロックする。

たった数秒前まではいつも通りすぎて、成海は昨日のことを全く気にしていないのかと内心がっかりしていたのだが、この反応はどうだろう。

「成海？」

「ナ、ナンデスカ？」

答えながらも、こちらに顔を向けようとしない成海。よく見ればその顔はほんのり赤い気がする。

昨日のことを思い出してくれたんだろうか。それで急に俺のことを意識してくれたんだろうか。もしそうであるのなら、「告白に気付かれなかった」説は否定されるわけで、つまりあの「採用」の2文字には俺の告白に対して、明確ではないにしてもＯＫかＮＧかの意味がきちんと込められていたわけだ。

「あのさ」

今更躊躇っても仕方ない。クラスアップなのかクラスダウンなのかはわからないが、成海の中では俺のクラスチェンジは確定済みなのだ。

「念のために確認したいんだけど」

「な、何をデショウカ」

まるで合成音声かなにかのように抑揚のない声で返答をする成海は、やはりこちらを向かない。

「俺って、何に採用されたの？　売り子？　彼氏？」

成海は硬まった。周囲の空気すら一緒に硬まったように見える。石にでもなったかのような成海を眺めること数秒。よくよく見ると、アハ体験レベルの速度で首の角度が下がっていることに気付く。そうして成海の顔が完全に床方向へ向いたところで、ぽーん、という音を鳴らしてエレベーターが止まった。

「あ……あの流れで……」

微かに聞き取れるくらいの声で成海が呟いた。その目の前でエレベーターのドアが開く。成海は一度大きく息をして、くいっと顔を上げ、背筋を伸ばして、こちらを見ずに、口を開いた。

「あの流れで、売り子だけなわけないだろ、ニブ嵩!」

よく通るけれど少しだけ震えた声でそう告げ、成海は早足でエレベーターを降りていった。ぼさぼさのままの長い髪がふわふわゆらゆら揺れて、遠ざかっていく。

『売り子か彼氏か』という問い。『売り子だけなわけがない』という答え。つまり、売り子は売り子で本気なのか。いや、まぁ、それはそれとして。

つまり、俺は、「大事なヲタク友達」から、「恋人」へランクアップしたのか。

そう認識した瞬間、とりあえず勝利ファンファーレと、レベルアップファンファーレと、クエスト達成ファンファーレと、レアアイテムゲットファンファーレと、その他諸々のファンファーレが頭の中で鳴り響き、目の前でエレベーターのドアが閉まっていくことにも、その向こうから微かに聞こえたはずの始業ベルの音にも、気付きはしなかった。

「おい二藤、手止まってんぞ」

真上から聞こえた樺倉さんの声にはっとして、意識を引き戻す。見上げてみると、樺倉さんが怪訝な顔で俺を見下ろしていた。

「朝から遅刻するわ、集中力はないわ、らしくないぞ。どうした?」

まさか「告白が成功して頭の中が成海のことでいっぱいです」と言うわけにもいかず、当たり障りのない表現を模索してはみたものの、結局そんなものは思いつかなかった。

「……すいません」

軽く頭を下げると、その俺の態度をどう捉えたのか、樺倉さんは俺の肩にぽんと手を置いた。

「まぁお前も色々悩むこともあるだろうが、俺でよければ相談に乗るからな。いつでも言ってくれよ」

「……はぁ」

悩みというか、ずっと溜め込んでいたものについては昨日解消してしまったので、今はどちらかというとかなりすっきりした状態なのだが、樺倉さんは俺が何をそんなに悩んでいると思ったのだろう。

もう一度樺倉さんのほうへ顔を向けてみると、樺倉さんは優しい（と恐らく本人は思っている）笑顔を浮かべていた。

「ま、午後から本気出してくれな」

そう言って、樺倉さんは自席へと去っていく。午後から？　と思って時計を見ると、昼休憩までもう5分もない程度だった。つまり、午前中を丸々と成海のことを考えて過ごしてしまったようだ。これは酷い。社会人として流石にアウトだ。

とはいえ今更後悔しようが過ぎた時間は帰ってこない。昼までの残りの時間で午後の作業の段取りをつけることにして、まずは社内スケジュール表を確認する。ついでにちらりと成海のスケジュールを確かめると、今日は10時から12時まで会議に参加しているようだった。小柳さんも一緒なので、昼は2人で食べに行ってしまうだろう。

帰りは成海と一緒に帰れるだろうか。成海の仕事の状況はわからないが、少しでも一緒に帰れる可能性があるのなら俺が残業なんてしている場合ではない。午後作業効率化のバフ用に、昼飯を買った後でスタボにでも寄ってコーヒーを買ってこよう。

それから今日の残タスクを整理し、優先順位を振ったところでちょうど昼休憩のチャイムが鳴った。

右腕にコンビニ袋を提げ、右手でスマホゲームをプレイし、左手にＬＬサイズのホットコーヒーを持ってオフィスに戻ると、成海の席に成海がいた。

いや、成海の席なのだから成海がいるのは当たり前なのだが。てっきり小柳さんと食事に行くだろうと思っていたので少し驚いたけれど、せっかくオフィスにいるのなら一緒に昼食を食べようと、成海の隣の席へ向かう。付き合い始めたからといって急に距離を縮めたりするのはどうかと思うが、成海の入社後すぐから昼を一緒に食べるぐらいはしていたので、周りも特に違和感を持たないはずだ。

「隣、いい？」

「ふひゃぁ⁉」

デスクに荷物を置きながら声をかけると、成海は聞いたこともないような声を出して飛び跳ね、その拍子に手に持っていたスマホを取り落とした。するとそのスマホに繋がっていたイヤホンが引っ張られて耳から抜け、イヤホンのコードが引っかかっていたキャップなしのペットボトルが倒れかける。それを認識して俺が手を伸ばすより先に、「あわわわわ！」と言いながら成海がすんでのところでペットボトルを押さえ、なんとか惨劇は回避された。

「……なんか、ごめん」

「い、いや……大丈夫……」

ふう、と息を吐きながらイヤホンをスマホから抜いて片付ける成海を横目に見つつ、とりあえず席に腰を下ろす。買ってきたばかりの納豆巻きとネギトロ巻きと海藻サラダを袋から取り出し、まずはネギトロ巻きを食べようと手に取ったところで、スマホゲームを再開した成海の手元にも未開封の納豆巻きが置かれていることに気付いた。

「珍しいね、成海が納豆巻きなんて」

オフィスではキラキラ女子という猫を被って（かぶ）いる成海は、昼食ににおいの強いものはあまり食べない。

納豆は嫌いではないはずだが、平日の朝と昼には絶対食べないものランキングのかなり上位にランクインしていると思われる。

「えびアボカド巻きと間違えて買っちゃったんだよねー……仕方ないから夕飯にでも食べるつもり」

成海はちらりと納豆巻きに目を向けて、スマホ片手に溜息を吐きながら答えた。

「……何をどう間違えたの？」

手巻き寿司は外見では具の判別はほぼできないが、パッケージには絵か写真があるはずだし、それがなくとも表に大きく商品名が書かれている。「えびアボカド巻き」と「納豆巻き」は字面も似ていなければ具の色も違う。さらに言えば、成海がその納豆巻きを買ったであろうコンビニに自分もついさっき行ってきたわけだが、自分は「えびアボカド巻き」なるものを見た覚えはないので、うっかり隣の商品を取ってしまった、ということも起こり得ないはずだ。

「まぁちょっと、ぼーっとしててさ」

成海がスマホを机に置くと、画面の中でやたらキラキラしたイケメンが歌って踊っているのが見えた。成海はこちらに顔を向けつつ頬杖(ほおづえ)をついて、右手だけでとん、とん、と画面をつつく。

「なんかあったの？」

その様を眺めながらなんとなく聞くと、スマホの上を動き回っていた成海の右手が、ぴた、と停止した。

「いや、まぁ、その……色々あんだよ」

成海はもごもごとそう言って、今さっきついたばかりの頬杖をやめ、机に対してまっすぐに座り直して両手で机の上のスマホをつつき始めた。

あれ、何か聞かれたくないことだったのかな。

なんとなくそう察し、追求はやめて視線を自分の手元に戻す。そして手に持っていたネギトロ巻きのパッケージを開けようとして、ふと、昼食用に買った手巻き寿司が1本食べられなかったなら、成海はお昼をどうしたのだろう、と思った。

成海のデスクに目をやると、端のほうにコンビニ袋が口を閉じて置いてあるのが見えた。袋は半透明で完全には中身の判別はできないが、サラダか何かのカップと小さなお菓子のパッケージのようなものが1つ入っているようだ。

昼食にあれだけでは、流石にお腹が減るんじゃないだろうか。

「……ネギトロ巻きでよければ、交換しようか?」

手に持っていたネギトロ巻きを成海のほうへ差し出すと、成海はぱっと顔を上げて、明るい表情を浮かべてこちらを向いた。

「マジで?　ネギトロ巻き割と好きなん……って、でもそれじゃ宏嵩、納豆巻き2本になっちゃうじゃん」

成海は一瞬前のめりになったものの、こちらの手元に置かれたもう1本の納豆巻きを見て眉をハの字にする。

「俺は納豆巻き好きだし」

「えー、でも……」

「お腹減るでしょ、成海」

「まぁ、確かにサラダとおやつ用のパウンドケーキしか食べてないけど……うーん……本当にいいの?」

「どーぞ」

ネギトロ巻きを成海の手元に置くと、代わりに成海が自分の納豆巻きを遠慮がちに俺の手にのせた。

「ありがと」

成海はネギトロ巻きを手に取って、ちょっと申し訳なさそうに笑う。

あ、かわいい。

俺がそんなことを思っていると、成海は早速ネギトロ巻きのビニールを剥がし始めたのだが、そこは不器用さに定評のある成海である。手始めにビニールと一緒に海苔をちぎったかと思えば、シャリをビニールから落としかけ、慌てて押さえた結果、おかしな角度で海苔が貼り付き、最後の巻きのフェーズでは、微かに残っていた綺麗な海苔もぐしゃっと折れた。コンビニの手巻き寿司を食べる際に起こりうる失敗をほとんど網羅した、ある意味神業だ。

　その完成品を見て一瞬微妙な顔をした成海だったが、とりあえずかぷりと一口かぶりついて、満足そうな笑顔を浮かべた。

　あ、かわいい。

「……あんだよ」

　俺の視線に気付いた成海が、ちょっと恥ずかしそうに半目でこちらを睨む。

「いや、なんでもない」

　成海を眺めているのは楽しいが、ずっと眺め続けているわけにもいかないので、自分も成海にもらった納豆巻きのビニールをむき始める。成海もネギトロ巻きをかじりつつ、ゲームを再開したようだ。

　我ながら綺麗に巻けた納豆巻きを一口食べ、そういえばと口を開く。

「そういえば、今日は小柳さんとご飯行かなかったんですな、成海どん」

「いや、本当は行きたかったのだがな、先立つものがないのだよ、宏嵩どん」

「……まだ月初ですけど」

　驚きと呆れを込めて成海のほうへ視線をやれば、成海はすっと顔を背ける。

「いや……まぁ……うっかり、がっつり……貢いでしまってだな……」

　ゲームへの課金は、悪いものだとは思わない。ゲームを有利に進めたり、より楽しむために必要だと思えるし、ゲームを提供する運営への正当な対価という側面もある。しかし、自分の生活を危ぶめてまで課金をするというのはいかがなものか。20代も半ば、子供ではないのだからもう少し計画性を持って生きたほうがいいんじゃなかろうか。

思わず溜息を吐くと、突然成海が慌てた様子でこちらを振り向いた。

「あっ、げ、ゲームの話だからね⁉　3次元の話じゃないからね⁉」

成海は食べかけのネギトロ巻きを握りしめ、反対の手を全力で左右にぶんぶん振る。

「知ってるけど？」

「そ、そう……」

軽く首を傾げながら返事をすると、成海は前に向き直ってひとつ息を吐き、小さめに一口、ネギトロ巻きをかじった。

「……課金するのはいいけど、もうちょっと節度をもって課金しなさいよ」

「いや、私もそう思ってはいるんですけどね……運営があの手この手で誘導してくるんですわ……いやー怖いですねー」

先ほどの謎のリアクションが気になりつつ、とりあえず一言苦言を呈するも、成海は今ひとつ反省の色を見せない。

まぁ別に今はまだ迷惑を被っているわけでもないからいいけど、今後食事や遊びに誘っても「お金がないから無理」と言われるのは困るな。せっかく付き合うことができたのに、一緒に出かけられないのはつまらない。

「本当我ながら悪いクセだとは思うんだけどさ」

今後どうやって成海に金銭的な計画性を身につけさせるかとぼんやり考えていると、今度は成海が口を開いた。

「ん？」

「好きになっちゃうと我慢できなくってさ、お前のためなら私が汗水垂らして稼いだお金も惜しくない！　とか思っちゃうんだよね」

「本当貢ぎ体質だな」

「しかも私同着1位認めちゃう派だからさ、2人とか3人とか並行して愛でてたりするわけよ」

「浮気性だな」

「いや、浮気じゃないんですよ。全員本命なんですよ。だから全員に貢いじゃうんですよ」

「破産待ったなしだな」

「ほんそれ……宝くじ当たんないかな……」

そう言って成海はがっくりと項垂れ、深い溜息を吐いた。

宝くじの当選を夢見る前に、やることは山ほどある気がするのだが、まず貢がない範囲で愛でるという選択肢はないのだろうか。

そんなことを考えながら1本目の納豆巻きの最後の一口を口に入れると、反対の端から納豆がこぼれそうになり、とっさに納豆巻きの下へ手を伸ばしてしまった。あ、と思ったときには既に素手で納豆を受け止めた後だった。やってしまった、と思いながら、とりあえず手のひらにのった数粒の納豆を口へ運ぶ。そういえばコンビニで貰った紙おしぼりをまだ出していなかったなと思い出し、すぐ脇に置いたコンビニ袋に手を伸ばすと、唐突に成海ががばっと顔を上げ、再び慌てた様子でこちらを振り向いた。

「ちっ、違うからね⁉　今の話全部ゲームの話だからね⁉」

「……いや、わかってますけど」

少しその勢いに驚きつつ答えれば、成海はまた、

「そ、そっか……」と言って引き下がっていく。

「……どうしたの？　なんかさっきから挙動がおかしいけど」

流石に気になって、手をおしぼりで拭きながら問いかけてみる。いつもなら、はたから聞けばものすごい誤解をするだろうなという内容でも、俺に対してはわざわざ「これはゲームの話だ」なんて注釈を

つけたりしないし、俺もそんな注釈がなくともわかる。ちなみに成海がそういう話をするときは他に聞いている人がいないことをあらかじめ確認しているので、おかしな誤解が生まれたことはない。成海の非ヲタ擬態スキルはレベルカンストなので、そういったところに抜かりはない。

「いや、あの、えっと」

なにやら成海はネギトロ巻きを両手で弄(もてあそ)びながら、俯(うつむ)いて口を開くものの、なかなか先が続かない。

正直もう少しものを考えながら喋ったほうがいいんじゃないかと言いたくなるくらい思ったことをすぐ口にする成海が、こんなに言葉に詰まるのは初めて見るような気がする。

「その、あれだ、つまり」

珍しい成海の様子を眺めつつ海藻サラダの蓋を開けて一口頬張り、あれ、なんか成海の頬が赤くなってる、と気付いた瞬間、急に成海が立ち上がった。

「とっ、トイレ行ってくる！」

そして言うが早いか、成海はネギトロ巻きを握りしめたまま、脱兎(だっと)のごとくオフィスから飛び出していった。

急にどうしたのだろうと思いつつ、あまり女性がトイレに向かった理由を考えるのも失礼かと、とりあえずスマホのロックを解除して、成海が戻ってくるまでの暇つぶしにゲームを起動した。

けれど、その後2本目の納豆巻きを食べ終えても、暇つぶしにと始めたゲームのスタミナを消費し尽くしても成海は戻ってこず、結局成海が自席に戻ったのは午後の始業ベルが鳴った後だった。

その日の終業後は、一緒に帰ろうと成海に声をかけたものの「死ぬほど仕事あるんで！　多分終電ぐらいまで残業するんで！」と全力で断られた。まぁ成海の残業は珍しいことではないので、仕方ないかけれど、避けられる理由に全く心当たりがない。しつこくしすぎただろうか。いや、昼食も終業後も、これまでもそれなりの頻度で一緒に過ごしていたし、第一しつこくできるほどの時間をまだ一緒に過ごせていない。なにせお付き合いを始めた翌日の昼以降、1週間経ってもまともに話せていないのだから。

嫌われてしまったのだろうか。付き合うと言ったけれど、やっぱり俺とじゃ嫌だったのだろうか。

ヲタ友から恋人へランクアップして、前よりももう少しそばにいられるようになると思っていたのに。昔のように、手を繋いで歩くこともできるかもしれないと思っていたのに。成海との距離が、開いていく。

何か、間違ったのだろうか。

もう、ゲームオーバーなんだろうか。

やっぱり、こんなことになるなら。

「おい二藤、手止まってんぞ」

と諦めて一人で帰った。

翌日の昼、昼食を食べに行かないかと誘ったら「ごめん今日は先約あるんだわ！　ね、花ちゃん！」とのことで断られ、仕方なくいつも通り自席でコンビニ飯を食べた。

そしてその夜は、片付けを終えて声をかけに行こうかと思ったときにはもう成海は帰ってしまっていた。

このあたりまでは、なんだかタイミングが合わないなと思っていたのだが、それからも目が合えば逸らされ、声をかけようとしたら逃げられ、なんとか話しかけることに成功しても、

「あっ、そうだ私部長に呼び出されてるんだった」

「ごめん、ちょっと今お腹痛くて」

「今すごい良いネタ思いついたとこだからまた後で」

となんだかんだで逃げられ、流石に意図的に避けられていることに気付いた。

真上から樺倉さんの声が聞こえて、はっと現実に引き戻された。あれ、つい最近似たようなことがあったような。

目の前のディスプレイには真っ白なままの「顧客要望対応報告書」なるものが表示されている。何の件について書こうとしていたのだろう。さっぱり思い出せない。というか本当にこんなもの書こうとしていたんだったか。違うような気もするが、それも思い出せない。

「最近どうした。パフォーマンス悪いぞ」

「……すいません」

素直に頭を下げてもう一度パソコンに向き直るが、さっきまで何をしていたのかという記憶が完全に飛んでしまって何から手をつければ良いのか悩む。とりあえずタスクリストにでも目を通して、記憶が戻ることを祈ろうか。

そう思ってまずデスクトップ表示のショートカットキーを押したところで、また樺倉さんの声が聞こえた。

「二藤、コーヒーでも買ってこいよ」

声のするほうを向いてみれば、樺倉さんは手に持っていた書類を自分のデスクに置き、まだ口の開いていない缶コーヒーを持ってこちらを見ていた。

「なんかあったんだろ。俺でよければ話聞くぞ」

そういえば、「相談乗るからな」って言ってたっけ。

樺倉さんはなんだかんだで小柳さんとは長いらしいし、何かいいアドバイスをくれるかもしれない。

正直2人が仲良くしているところを見たことがない、というか喧嘩(けんか)しているイメージしかないので本当に「なんだかんだで」という表現がぴったりなのだが、それでも付き合い続けられるからにはなにかあるのだろう。どのみち、樺倉さん以外に相談できる人もいないのだし。

「……じゃあ、お言葉に甘えて」

そう言って、小銭を持って席を立つと、「おう、待ってるぞ」と樺倉さんはコーヒー片手にすぐそばの窓枠にもたれかかって、にっ、と笑った。

「まぁでもぶっちゃけ、顔は樺倉さんのほうが私好みなんだよねー」

樺倉さんから「個人イベントで親密度アップを図るべし」との助言を受け、早速成海の元へ向かうと、デスクで小柳さんと話す成海の声が聞こえた。

樺倉さんの顔が成海のタイプであることも、俺の顔がタイプでないことも知っているので今更どうとも思わないが、つい、もし俺が成海好みの顔をしていたら、と考えてしまった。

もしそうだったら、今みたいに避けられたり逃げられたりすることもなかったのだろうか。

もしそうだったら、もっとスムーズに恋人になれたのだろうか。

そんなことを考えながら、手に持ったままだった缶コーヒーを成海の左隣のデスクに置くと、コンッという軽い音がした。その音でこちらを向いた成海が、俺を視認して引きつった表情で硬まる。

どうしてそんな顔をするのだろう。恋人になったはずなのに、話しかけようとしただけでそんな顔をされるのなら、俺はどうすればいいのだろう。

成海がちらりと、すぐそばにある開いたままのドアに視線を向ける。明らかに逃げる算段をしている成海の退路を断つべく、爪先(つまさき)で軽くドアを押すと、キィ、と高い音を立てながらゆっくりとドアが閉まった。

さあ、フィールドメイクは完了した。しかし、ここからどうしよう。

樺倉さんのアドバイスに背を押され、なんとか話をしようとここまで来たものの、何を言えばいいのか、何を言いたいのか考えはまとまっていなかった。

「まぁまぁ二藤くん」

なかなか言葉が出てこなくて成海の前で立ち尽くしていると、小柳さんがすっと席を立って、椅子に座ったままの成海の横に並んだ。

「気持ちはわかるけど、なるが怯えてるから……私からも言っておくから、もう少しだけ待ってあげてくれないかな？」

そう言って、小柳さんはそっと成海の肩に手を回した。

成海が怯えてる？　何故？　今の自分はそんなに怖い顔をしているのだろうか。俺は、ただ――

「待て、小柳」

弁解しようとしたところで、樺倉さんが声をあげた。

「これは二藤と桃瀬、2人の問題だろうが。部外者が口を挟むな」

後ろからすっと前へ出てきて、小柳さんと対峙する樺倉さん。その背中からは頼れる先輩感が漂っているのだが、相手が小柳さんである時点で嫌な予感しかしない。

「お前が言うなバカ倉」

「なんか言ったかブス‼」

予想通りというか、当然の流れというか、小柳さんと樺倉さんによる熱いバトル開始を告げるゴングが高らかに鳴り響いた。

これは止めるべきなのか。いや、運動部出身の人間2人を相手に、もやしもびっくりするぐらいのもやしっ子に何ができようか。

激しく罵り合う2人を傍観しつつ、なんでこの人たちはこれでも付き合い続けていられるのだろう、とぼんやりと思った。かたや自分は告白した翌日には逃げられ始め、文句も本音も言えないまま、終了のお知らせが見え隠れしている。

そうこうしていると、オフィス入り口付近から、キィ、とドアが開く音がした。ひらりとドアの向こうへ消えていく、長い髪と赤いリボンの髪飾り。ほらまた、逃げていく。

もう追いかけないほうがいいのだろうか。一瞬、そんな考えが浮かぶ。でも、追いかけないといけない気がした。もうどうしたらいいのか、何を言うべきなのかもわからないけど。

ドアを抜けて、廊下の突き当たりでエレベーターのボタンを連打する成海の元まで、大股で歩く。

背後に立っても、ボタン連打に勤しむ成海は俺の存在に気付いていないようなので、成海の視界に入るように、そしてすぐに逃げられたりしないように、壁に手をついた。

「ごめん」

成海は動きを止めて何か小さな声で言っていたが、それを無視して口を開いた。

「怖がらせるつもりじゃなかったんだけど、今の成海との距離の取り方がわからなくて……」

恋人になる前だったら、きっとこんな距離で話しかけたら面白いくらいびっくりした顔で振り向いて「おどかすなよ!」とか言って怒っただろう。

ぴたりと静止したまま、振り向きもしない成海の頭を見下ろして、1つ息を吐く。

「……『友達』だったころのが、よっぽど近かったな」

こんなことになるくらいなら、こんなに遠くなってしまうのなら。

「やっぱり、好きだなんて言うんじゃなかった」

しん、と静まり返るエレベーターホールに、別のフロアへ到着したエレベーターの、ぽーん、という音が微かに響く。

伝えたくて仕方なかったから、自分の思いを伝えたはずだったのに。自分で自分の言葉に胸が苦しくなる。質量のある空気に、ぐ、と胸を押しつぶされる感覚。重くて、苦しくて、頭の奥のほうがなんだかざわざわと……

ん？

なんだろう。これは、違和感？

1週間前の自分の台詞を、よく思い返してみる。よくよく思い返して、はた、と顔を上げた。

言ってねぇな。

「好きだ」なんて、一言も。

大真面目に本音を吐露したところだったのに、根本的矛盾に気付いて思考がブツンと途切れる。

そこにぽーんという音が割り込み、目の前でエレベーターが口を開いた。

右手を壁から放して、力なく下ろすと、成海の頭がゆらりとゆれて、一歩足を踏み出した。

ああ、また逃げられてしまう。

そう思っていたら、目の前で長い髪がひらりとひるがえり、続けて、胸へ軽い衝撃。

「そーゆーこと、言うなよ」

胸元から聞こえる、小さく、震える成海の声。

背に回された腕、じんわりと伝わる成海の熱。

「ちょっと締まらない感じだったけど、宏嵩なりにがんばって伝えてくれたんでしょ？　私はちゃんとうれしかったし、か、顔見て恥ずかしくても逃げないようにするから……」

ドッ、ドッ、ドッ、と、激しい鼓動の音が聞こえる。それが成海のものなのか、自分のものなのかはわからない。

「言うんじゃなかったとか、言うなよ……」

辛うじて聞き取れる程度の、消え入るような小さな声。

次から次へと押し寄せる情報を処理しきれず、脳が処理落ちする。

成海が、振り向いて。俺に、抱きついて。「好きだなんて言うんじゃなかった」なんて、言うなと言って。締まらない感じだったけど、ちゃんとうれしかったと言って。恥ずかしくても、逃げないと言って。

だから、つまり、それって。

それって。

脳が、オーバーヒートした。

「……え⁉　宏嵩くん⁉　どうした⁉」

脳内の回路がおかしなところに繋がっているらしい。閉じた瞼の裏に見覚えのある軍人っぽい服装の男がどこからともなく現れる。ああこの人は知っている。この人は正しいんだか正しくないんだかわからない異国語で何やら演技した後、唐突に歌いだすのだ。こんな風に。

「……とんへー♪」

「え⁉　なんで細かすぎて伝わらないモノマネ選手権⁉　まじでどうした⁉」

落下は、まだですか。誰か、ボタンを押してくれませんか。穴があったら、落ちてしまいたい。

意味がわからず慌てる成海を前に、顔の熱と脳の暴走はなかなか収まらなかった。

バーン

「ぎゃ――――‼」

パァン、パパパパァン

「うぉ――――‼」

ゔぁ――……

「ひぎぃぃぃいいいい‼」

音で溢れ返るゲームセンターで、ほとんどかき消されてしまう銃声やらゾンビの呻き声やらに混じって、成海はむしろ周りの音をかき消していく勢いの悲鳴だか雄叫びだかよくわからない声をあげながら、拳銃型コントローラを振り回してトリガーを引きまくっている。その様を横目に見つつ、自分もコントローラを画面に向け、あらかじめ次に現れる敵のヘッドショットが狙える位置に照準を合わせ、タイミングを見計らって軽くトリガーを引いていく。

画面内の敵を全て倒すと、廃屋の廊下を探索していたプレイヤーキャラクターはゆっくりと横を向き、そこにあった扉を蹴り開けて中へ突入する。

「ほーれ上から来るぞー気をつけろー」

「はひぃぃぃぃぃ！」

突然、画面外上方向からやたら腕だけが太い紫色のゾンビが、野太い雄叫びをあげて飛び降りてくる。対して成海はもはや文字に起こすのが難しいような声をあげつつ、必死の形相でガチャガチャと引き金を引いているのだが、1ダメージも入っていない。

「成海、リロード」

「ひゃい！」

敵の手を撃って殴り攻撃をキャンセルさせつつ、倒さない程度にダメージを入れていくと、HPの残りが2割を切ったところで、敵は一度両腕を掲げて雄叫びをあげた。

「はいラストスパートー」

「うぉぉぉぉ！」

ここからは攻撃パターンがランダムになり、おまけにゾンビ犬がどこからともなく定期的にわいてくるようになるので、なかなか面倒くさい。しかし、乱射に必死な成海はそんなことに構っている余裕はないだろうと思われるので、俺は周りからわいてくるゾンビ犬を排除しつつ、敵の攻撃アクションを全てキャンセルさせ、成海の被ダメージを0にするという別ゲーに徹することにした。

「もうちょい上、上ー」

「へい！」

そして最後の一発（成海の乱射した弾のうちの1つ）がヘッドショット判定になり、なんとかHPを削りきった。敵はもう一度雄叫びをあげ、最後にこちらに殴りかかってこようとするものの、2、3歩歩いたところで倒れてしまった。

「や、やったか⁉」

「はい左手に見えますのがシークレットターゲット」

「うぇっ⁉」

プレイヤーキャラクターがしゃがみ込んだ瞬間、画面左端に赤い宝石付きの首輪をしたゾンビ猿がちらりと映る。

既に銃を下ろして油断しきっていた成海をよそに、ゾンビ猿を撃ち抜くと「STAGE CLEAR」と「Secret Mission Complete」の文字が画面に現れた。

「ぐぬぬ」

「クリアと言われるまでがステージですよ、成海どん」

「あんな不意打ち、初見で気付くか！」

「俺は気付いたけど。と言うかありがちじゃん、ゴール直前にお宝とかそういうの」

「知らんわ！ このゲーム廃人が！」

成海はコントローラを乱暴に筐体に戻し、頬を膨らませて歩き出した。

筐体からカードを取り出して早足で追いかけると、成海は半身で振り返ってその場で止まってくれた。

「ごめんて。馬鹿にしたつもりじゃなかったんだって、あんまり」

「あんまりってことは若干馬鹿にしてるんだな？」

「……そんなことより成海どん」

「誤魔化すな、このやろ」

成海が下段の軽い蹴りを入れてくる。

「いて。ちょっと、ごめんてば」

「てゆーかなんで自分だけ強い銃使ってんだよ」

「まぁそこそこやり込んでアンロックしたんで」

「やり込んでるほうが有利なハンデ付きで2人プレイっておかしいだろ」

「いや、別に協力プレイだしいいかなって、ちょっと待って、それ痛い、爪先で蹴るの痛い」

　この1週間散々避けられ逃げられ、俺のライフはもうゼロよ状態に追い込まれたわけだが、成海のあの態度は要するに俺と恋人同士になったという事実を意識しすぎた結果、どう接していいかわからなくなった、ということだったらしい。

　実際やられたほうとしてはかなりダメージは大きかったし、逃げる前に素直に言うとかなんかあんだろとは思ったものの、俺との交際をきちんと捉えてくれた結果でもあるので、怒るに怒れなかった。

　そしてエレベーター前での仲直りの後は、開き直ったのか意識するのをやめたのか、成海の態度は完全に元通りになった。正直元通りすぎてそれはそれでどうなのかと思わないでもないが、昨日までのことを考えれば今はこれでいいかとも思えた。

「このやろ、無駄に長い脚しやがってこのやろ」

「いや、もうなんの話してんの。成海、ちょっと」

「なによ」

　やっと蹴りをやめた成海が、膨れっ面で俺を見上げる。

「今日ご飯どうするの」

「考えてないけど」

「じゃあ、食べに行く?」

　いつものように何気なく誘ったつもりだったのだが、成海は俺の言葉にぴくっと小さく跳ねて、軽く俯いて硬まった。

　あれ、これはまたなんか恥ずかしくなって逃げられるやつか?

　そう思って顔を覗き込もうとしたら、成海はほんの少しだけ顔を上に向け、頬をほんのり赤く染めて上目遣いでこちらを見上げてきた。

「い、いいよ……」

　いかん。かわいい。不意打ちでこれはよろしくない。

「え⁉　今度はどうした⁉」

両手で顔を覆って天を仰ぐ。成海が挙動不審な俺の様子に戸惑っている気配は感じるものの、今はとても顔を見せられない。

これは、意外と元通りじゃないかもしれない。

顔の火照りを感じながら、そう思った。

恋愛なんていうのは、自分とは無縁なものだと思っていた。

特に、初恋が終わったことを知ったあのときからは。

ゲームやアニメの中で描かれる色恋沙汰も、画面の向こうの遠い話だったし、友達らしい友達もいなかったので、そういう話題に触れることもなかった。

片手に収まる程度にだけプレイしたギャルゲーは、正しい選択肢を選びさえすれば目標の女の子のルートに入ることができ、選択肢次第で自分の思うエンドへ分岐することができた。

現実の恋愛では選択肢なんて存在しないし、思った通りになんて物事は進まないし。というか、2次元で描かれるようなわかりやすい起承転結も、3行で説明できるほどのシンプルさもないし、ついでにキラキラ、ドキドキとかいうものばかりでもない。

フラグ立つ立たない以前にフラグなんて存在していなかったはずの「ヲタク友達」から、いきなり「恋人」にクラスチェンジしたり、そうかと思えば何故か突然話もさせてもらえなくなったり、ひたすら逃げ隠れされたり、引き止める言葉も言えずに「好きだなんて言うんじゃなかった」と言ったら仲直りできたり。正直意味がわからない。

つくづく、心の底から思う。

ヲタクに恋は、難しい。

Wotaku ni koi ha muzukashii

The Novel

二藤屋捕物帳

nifujiya torimonochou

ざりん、ざりん、ざりん。

雪駄が軽く地面に擦れる音がする。

ざりん、ざりん、ざりん。

その音が十数回か二十数回か繰り返すと、別の音が聞こえてくる。

ざっ、ざっ、ざっ。

雪駄の音にも少し似た、けれどそれより小刻みで軽いその音は、竹箒で地面を掃く音だ。

ざっ、ざっ、ざっ。ざりん、ざりん、ざりん。

箒の音と俺の足音とが混じって少しすると、箒を持った彼女が顔を上げ、いつものように声をかけてくれる。

「あ、宏嵩、いらっしゃい!」

「おす」

にっこりと満面の笑みで迎えてくれる彼女は、幼なじみの桃瀬成海。ここの茶屋の看板娘をしており、なかなかの評判らしい。仕事はできないものの外見はかわいいし、外面はとても良い。彼女の頭の中が実は諸々の男色物の妄想でいっぱいだということは、ここの客足に影響を及ぼす恐れがあるので最重要機密(成海談)らしい。

店先に並んだ縁台の一つに腰かけると、成海は箒を持って店の中へと駆けていった。しばらくして、彼女はなみなみとお茶の注がれた湯呑みをお盆にのせ、ぷるぷる震えながらそろりそろりと歩いて出てきた(それでもお茶はじゃばじゃば溢れている)。

「……成海。ずっと思ってたんだけど、お茶、もう少し減らしたらいいんじゃないの?」

「いや……だって、お得意様だし、しっかり、おもてなし、せねばと……」

引き続きだばだばとお茶をこぼしながら慎重に一歩一歩こちらへ向かってくる成海。

「他にもあんだろ、おもてなしの手段」

そう言いつつ、もはや毎度のことなので半ば諦めの眼差しで見守りの態勢に入ると、店の暖簾を揺らして別の女性店員が出てきた。

「その通りよ、なる。結局あなた、それでお茶一つ運ぶのにだいぶ時間かかってるじゃない。お客さんを待たせておもてなしだなんて、本末転倒よ」

「あ、小柳さん。こんにちは」

すらりとしていながら出るところがとてもよく出た、この店のもう一人の看板娘、小柳花子さんだ。彼女はぷるぷるしながら歩く成海を見て溜息を吐きつつ、俺が腰かけた縁台にみたらし団子ののった皿を置いてくれた。

「はい、いつもの。ちょっとあん多めにかけておいたから」

「ありがとうございます」

軽く頭を下げてお礼を言うと、小柳さんはにこりと笑ってまた店内へと戻っていった。ちなみに成海はまだ俺の元へ辿り着いてもいない。いい加減見かねて立ち上がり、数歩歩いて成海のお盆から湯呑みを持ち上げた。冷たい。湯呑みの中身に目を向けると、それは透んだ茶色をしていた。どうやら冷えたお茶らしい。だいぶ暑くなってきた今の季節には丁度いい。

「今日は冷たいやつなんだね」

そう言って成海のほうを見下ろしてみれば、びしょ濡れになったお盆を布巾で拭きながら、成海は一度こちらに目をやって、口を開いた。

「あ、うん。今日は暑くなりそうだから朝イチで淹れて冷やしておいたんだよね。宏嵩は暑がりだし、冷たいほうがいいかなと思って何も聞かずに出しちゃったけど……あったかいほうがよかった？」

「いや、冷たいお茶で助かる」

こういう気遣いはちゃんとできるのになぁ、と思いながらその場で一口だけお茶を飲み、元の位置に戻って腰かけた。

初夏を過ぎ、もう本格的に夏が始まろうかという季節。朝からみんみんと鳴く蝉(せみ)の声もだいぶやかましくなってきた。お陰でこの数日、実際の気温の上がり幅より数度余計に暑くなってきた気がする。

まだ時間的にも朝と言って差し支えない時間なのだが、今日も既に日差しがかなり強くなっている。

「最近朝から蝉うるさいよねー……暑苦しくて困るわ」

お盆を抱えたままの成海も横に立って、同じような感想を口にする。

「そうなー……ていうか成海、戻んなくていいの」

「今お客さん、宏嵩しかいないから」

そう言って成海はひらひらと手を振って笑った。

他に客がいないとはいえ、接客以外にもやることはあるのではと思いつつ、成海とゆっくり一緒にいられるせっかくの機会なので、もう少しだけこの時間を楽しむことにして団子を一つ頬張(ほおば)った。

ここの団子はどれも甘さが控えめなので、俺でも割と美味(おい)しく食べられる。特にこのみたらし団子はあんの甘辛具合がいい。今日はあんを多めにかけてくれたとのことなので、団子一個あたりのあんの量が増えて更に美味しい。

成海の隣で団子を堪能(たんのう)していると、ぼーっと店の前の通りを眺めていた成海(やましい妄想をしていたに違いない)が不意に声をあげた。

「あれ、カラス丸?」

からすまるとは何ぞやと思い、成海の見つめる方向へ目を向けてみるが、そこにはいつもと変わらぬ通りとぽつぽつとした人の往来があるだけだ。

「あ、やっぱりカラス丸だ」

「成海、からすまるって一体……」

成海に問いかけようとしたところで、何か小さくて黒いものが通りの向こうから、とことこと近づいてくることに気づいた。そしてそれはまっすぐに成海に向かって歩いていき、その足元で止まった。

「いらっしゃい、カラス丸。久しぶりだねぇ。一か月くらいぶり？」

成海がしゃがみ込んで頭を撫でたその黒いものは、耳の先と手足の先にだけ白い毛のある、すらりとした黒猫だった。

「初めて見るけど、それ、ここの猫？」

「ううん、この辺に住んでる野良猫。ちょくちょくここに来てご飯食べてったりしてたんだけど……ちょっと見ない間にずいぶん痩せちゃったね……ちゃんとご飯食べてたの？　今何かあげられるものあるかな……」

成海が心配そうな顔で猫の顔やお腹を眺めていると、後ろのほうから小柳さんの声が聞こえた。

「どうしたの？　カラス丸って聞こえた気がしたけど……」

「あ、花ちゃん。そうなの、カラス丸が帰ってきたんだけどすごい痩せちゃっててね、なんかすぐに食べさせてあげられるようなものってあるかなぁ？」

「あらほんと、前はあんなに丸々してたのに……まかない用の煮っころがしにまだ味付けしてないから、少し持ってくるわね。後は……お魚も一切れ、あげちゃいましょうか。ちょっと待ってなさい、カラス丸」

小柳さんがそう言って店の中へ戻っていくと、黒猫カラス丸はぽてっとその場に座り込み、毛繕いを始めた。

「一体どこに行ってたの？　急に来なくなるからみんな心配してたんだよ」

成海が話しかけるものの、カラス丸はそんなことは意に介さず、顔をこしこしと擦っては前脚を舐めることを繰り返している。

少しして小柳さんが茶碗に盛った芋と魚の切り身を持ってくると、カラス丸はすっと立ち上がってその茶碗に釘付けになった。そして茶碗が目の前の地面に置かれた途端、器用に魚を避けて芋をもりもりと食べ始めた。

「そんなにがっつくと喉に詰まるわよ、ちゃんとお水も飲みなさい」

小柳さんが水を張った小さな茶碗を横に置くと、カラス丸はそちらもちびちびと舐め、また芋を食べ始めた。それからしばらく首だけを芋と水の皿の間で往復させ、両方の皿の中身を八割ほど胃袋に収めたころ、突然カラス丸はぴんと耳を立てて顔を上げた。

「ん？　どうかした？」

成海がそう問いかけると同時に、カラス丸はぱっと振り返って通りの反対側へ目を向ける。何かあるのだろうかと自分もそちらを見るが、特に変わったものは見つけられない。けれどカラス丸は何かを見つけたようで、残してあった魚の切り身を慌てて咥え、たたたっと走り出した。

「あっ」

文字通り「あっ」という間に通りの向こう側へ辿り着いたカラス丸は、細い路地の入り口で立ち止まり、何かを見下ろした。よく見るとその足元には何か小さなものが転がっているように見えるが、流石に今の距離からではそれがなんだかはわからない。

自分を見つめる視線に気付いたのか、カラス丸はちらりと振り返り、こちらに向かって一度しっぽをくにゃりと揺らすと、魚を咥えたままゆっくり路地の奥へと姿を消した。

「行っちゃった」

「ご飯、あれだけで足りたかしら。明日はもう少し何か用意しておいてあげましょうか」

「そうだね……材料費出すよ」

「じゃあ折半ね」

カラス丸を心配する二人を後ろから眺めつつ、首

御休處

を傾げる。

あの猫は確かに太ってはいなかったけど、痩せてるっていうほどでもなかったし、毛艶も悪くなさそうに見えたのに、何故彼女らはそんなにカラス丸を心配しているのだろう。元がそんなに太っていたのだろうか。

「看板娘二人がそんなとこで話し込んでていいのか？」

かりんかりんと雪駄のかかとの音を立て、そう言ってこちらへ近づいてきたのは、同心の樺倉さんだった。

「何しに来たバカ倉」

たった今まで成海と楽しそうに会話をしていた小柳さんが、声の調子を数段階落とし、心底嫌そうな顔で樺倉さんを迎える。

「何しにも何も、町の巡回が俺の仕事だっつーの、このブスが。職務妨害で引っ捕らえるぞ」

「あーら、やれるもんならやってみなさいよ。あなた好みのかわいい看板娘のいる茶屋からの『しょっちゅう樺倉という同心がお茶しに来る』って証言に、あなたの上の人間が『樺倉は熱心に職務に励んでいる』っていう判断を下してくれる自信がおありなら、どうぞご随意に」

「ぐ……っ」

いつもの挨拶を交わす二人は置いておいて、そういえばと成海に声をかける。

「成海の推し役者の錦絵、新しい絵柄出たね」

「えっ、マジでか……でも今月ヤバいんだよなぁ……」

「看板娘巡りの錦絵も最近手を出し始めたんだっけ？」

「だ、だってかわいいんだもん！　会いに行けるものなら会ってちょっとハスハスしたいよ！　でもできないからせめて錦絵でハスハスしてるんだよ！」

「同心さんこいつです」

「悪いがそいつは俺の手には負えない」

「まぁなるだから仕方ないと思って許してあげて」

「え、なんかちょっと二人とも酷くないですか⁉」

いつものじゃれ合いを中断してまで「こいつは手遅れだ」という趣旨の返答をした二人と、それに噛みつく成海。

そんな光景を眺め、今日も平和だなぁと思いながら、冷たい麦茶をまた一口啜った。

次の日、昨日と同じくらいの時間に茶屋へ行くと、店の前に昨日の黒猫と小柳さんがいるのが見えた。

近づいていくと、黒猫カラス丸は一度ちらりとこちらを振り返り、「なんだお前か」とでも言いたげな視線を投げて、すぐに小柳さんのほうへ向き直ってしまった。そしてなにやら彼女に話しかけるように、にゃーごにゃーごと鳴いている。

「ごめんなさいね、カラス丸。まだお仕事中だから一緒には行けないのよ。また今度、お仕事じゃない時に誘って頂戴」

小柳さんが困ったように笑って頭を撫でてやると、カラス丸はしょんぼりとした様子で、茶碗に残っていた肉と思しきものを咥え、くるりと後ろを向いて歩き始めた。何度も立ち止まってこちらを振り返るその背中には、哀愁が漂っている。それでも通りの向こうに着いた後は、小柳さんへの未練を断ち切り、昨日と同じ路地へたたっと走り去っていった。

「お待たせしてごめんなさい、二藤くん。今お茶とお団子持ってくるわね」

カラス丸を見送った小柳さんがこちらを振り返ってそう言い、「あ、いえ」という俺の返事を聞くか聞かないかのうちに店の入り口へと早足で歩き始めた。暖簾を右腕で押し上げて店の中へ一歩踏み込んだところで、「あ」と小さな声をあげて小柳さんは振り返る。

「そういえば今日は美味しい枝豆が入ってね、ずんだあんを作ってあるのよ。二藤くんはお得意様だから、お値段はいつものみたらしと同じにしとくけど、いかがかしら？」

「じゃあ、それお願いします」

「はーい、ちょっと待っててね」

小柳さんはにこりと看板娘らしい綺麗（きれい）な笑顔を見せて、店内へ戻っていった。

とりあえずいつもの縁台のいつもの場所に腰かけ、ぼんやりと空を見上げてみる。今日もいい天気だ。雲もほとんどなく、ひたすら青い空を鳥が横切る。

かりんかりんと雪駄の音が聞こえてきて、ほぼ真上を向いていた顔を通りのほうへ向け直してみると、向こうから歩いてくる樺倉さんと目が合った。樺倉さんが軽く手を上げたので、ぺこりと頭を下げる。

「こんにちは」

「おう」

声が届く範囲まで来たところで改めて挨拶を交わし、何気なく樺倉さんの顔を見上げてみると、なにやら随分青い顔をしていることに気づく。

「何かあったんですか？　顔色悪いですけど」

「……まぁ、ちょっと……な……」

樺倉さんは力なく笑いながら歯切れの悪い返答をして、俺の隣に腰を下ろした。あまりにいつもと違うその様子が気になるものの、あまり追求しないほうが良いのだろうかと思って口をつぐむ。

「宏嵩ー、おまたせー！　あ、樺倉さんいらっしゃ……ってどうしたんですか!?　随分顔色悪いですけど……具合悪いんですか？」

そこへお茶を持ってきた成海が、樺倉さんの顔色の悪さに気づき、慌ててお盆を手近な縁台に置いて樺倉さんに駆け寄った。

「あー、いや、そういうわけじゃないんだ。心配かけて悪いな、別に大したことじゃねぇから」

樺倉さんは、俺が聞いたときと同じようにそう言って笑ったが、成海はそこで引き下がらなかった。

「大したことじゃないって顔じゃないじゃないですか！　溜め込むのは良くないってウチのお婆ちゃんも言ってましたよ！　私たちに何ができるかわからないですけど……良かったらお話聞かせてください」

成海は樺倉さんの前にしゃがみ込み、優しい笑顔で笑いかけた。

「私たち」ということは、俺も一緒に話を聞くことは成海の中で確定らしい。まぁ俺も心配だったし、いいんだけど。

成海の熱い説得を受け、樺倉さんは少し頭を掻きながらちらと店の入り口のほうへ視線を向けた。小柳さんには聞かれたくない話なのだろうか。もしかすると、彼女には心配をかけたくないのかもしれない。なんとなくそう思った。

「……まぁお前らもこの近所に住んでるわけだし、聞き込みの一環と思って聞いてくれると助かるんだが」

そう前置きして、樺倉さんは語り始めた。

「近頃このあたりで盗難事件が多発してな。被害に遭ってるのは家の軒先に商品を並べて店主が一人で店番してるような小さな食い物屋ばかりで、盗まれているのはその商品、つまり食い物だ。干物屋に握り飯屋、煮物屋に魚屋。気付いてないだけで被害に遭ってる店は多分他にもあると思うが、訴えを出してるのはその四軒だ。……まぁ、ここまでなら相当腹を空かせた貧乏人でもいるんだろうって話なんだが、不思議なことに、被害は出てるのに犯人らしき人物が全く目撃されていない。店先に立って店主が呼び込みをしていたり、品物を並べた台がきちんと見える位置で帳簿をつけていたり、普通に考えて盗みを働く奴がいれば気付かないわけがないような状況であったにもかかわらず、だ。だが……その盗みが起きる前日の夜には、現場の近くで目撃証言が上がってるんだよ……」

樺倉さんは言いよどむようにそこで言葉を切って、大きく息を吐いた。

「……人間じゃなくて、化け猫の目撃証言が……!」

樺倉さんは初めから若干青ざめていたその顔を更に青くして、冷や汗を垂らしながら膝の上の握りこぶしにぎゅっと力を込めた。

「……化け猫の目撃証言って、どういうことです?」

そう訊ねてみると、樺倉さんはゆっくりと深呼吸をしてから、額に手を当てて答えた。

「盗みが発覚して、その聞き込みに近所を回ると、数人が前日の夜におかしな猫を見たって言うんだ。尾が二本あっただとか、子猫の声から大人の猫の声まで自在に操っていたとか、目玉が四つあったとか。まぁどれも夜の出来事で、皆月明かりや提灯の明かり程度しかない中だったわけだし、見間違いとか単に寝ぼけてただけってこともあるだろうが……何せ人間には難しいかもしれないっていう盗みが起きた現場のすぐそばで、前日にそんなものが目撃されているとなると……」

樺倉さんは目を閉じ、深い溜息を吐いた。

そういえばこの人、怪談とかダメだって言ってたっけ。

「ちょっと、なる、いつまでおしゃべりしてるの? 二藤くんといちゃいちゃしたいのはわかるけど、ちゃんとお仕事もしなきゃダメよ……あら、来てたの、樺倉」

振り返ってみると、綺麗なうぐいす色のあんがたっぷりのった団子の皿を持って、小柳さんがこちらへ向かって歩いてくるところだった。

そういえばいつの間にか成海の気配が消えてるなと思って樺倉さんの向こう側に目を向けてみると、口元だけは辛うじて笑顔の体裁を保っているものの、それ以外は完全なる無の表情になった成海がそこにいた。忘れてた、成海もオバケだの妖怪だのの話は嫌いなんだった。

「……これは、一体どういう状況かしら？」

樺倉さんはちらりと小柳さんを見上げた後、何も話さず沈黙しているし、成海は虚空を見つめて微動だにしない。小柳さんはそんな二人を見て、ずんだあん団子を俺の手元に置きながら、心底不思議そうにそう言った。

「近所に食べ物泥棒と化け猫が出るらしいです」

「食べ物泥棒と……化け猫？」

「しっぽが二本あるとか、子猫の声も大人の声も出せるとか、目玉が四つあるとか、そういう猫の目撃証言があって、それが食べ物盗難事件の前夜に集中しているとか」

「ほう……？」

樺倉さんに聞いた話をざっくりと説明すると、何やら小柳さんの口角が上がっていき、危険な笑顔になっていった。

あ、これはまずいこと言ったかな、と思ったものの時既に遅し。小柳さんは樺倉さんの目の前に立つと、少しだけ腰を折って、幼い子供にするように樺倉さんの頭を撫で始めた。

「太郎きゅ～ん？　化け猫さんが怖いのかなぁ～？　大丈夫だよぉ～、太郎きゅんの顔見たら化け猫さんのほうが怖がって逃げてっちゃうからねぇ～」

「んだとこのドブスが……！」

止める間もなく、というか間があったところで止めることなどできないとは思うが、樺倉さんをおちょくる小柳さんと、それに全力で噛みつきにいく樺倉さんによる非常に賑やかな会話が繰り広げられ始めた。

ああ、さっき樺倉さんが小柳さんがいないかを確認してから話し始めたのは、こういうことを避けるためだったのかと、一人納得した。

まぁよほどの盛り上がりがなければ聞き流していいかと思い定め、とりあえずずんだあん団子を一串手に取り、一玉頬張る。美味しい。甘さ控えめのあんにほんのりときいた塩味がいい。

二玉目の団子を口に入れたところで、そういえば成海はまだ思考停止中だろうかと思って目をやると、とりあえず化け猫の話を聞いたことによる衝撃からは回復した様子で、すぐ隣で繰り広げられる少しだけ激しめのいつもの会話には見向きもせず、先ほどの話の前に置いてきてしまったお盆とそれにのった湯呑みを持ってこちらへ歩いてきた。

「お茶、お待ちどおさま」

「ん、ありがとう」

湯呑みを受け取って早速一口、口をつける。今日のお茶もひんやりと冷たい。

「あの……あのさ、宏嵩」

「うん？」

三玉目を頬張ろうとしたとき、微かに震える声で成海が呼びかけてきた。なんだろうと思ってその顔を見てみると、先ほどより随分強張っているように見えた。

「私、実は昨日……」

「兄ちゃ――ん！」

突然、弟の尚哉が大声で俺を呼ぶ声が聞こえた。尚哉が叫ぶことなんて滅多にないので何事かと声がしたほうを振り返ると、ここから斜向かいの、俺たち兄弟が継いだ反物問屋「二藤屋」から大慌てで走ってくる尚哉の姿が見えた。

「尚ちゃん？　そんなに慌ててどうしたの？」

成海も尚哉の大声にびっくりしつつも、走り寄ってくる尚哉を心配そうに見つめている。

俺より圧倒的に運動神経の良い（俺の運動神経が著しく悪いともいう）尚哉はあっという間に俺の元へ辿り着き、息切れ一つせず、泣きそうな声で言った。

「兄ちゃんどうしよう！　明日納品の特注の反物がなくなっちゃった！」

一応これでも二藤屋の「旦那」なので、それなりに慌てて店に戻ってみると、店と自宅の間の中庭にある蔵の前に、二藤屋の従業員が集まっていた。

蔵の扉は特にこじ開けられたりした様子はなく、開いたままのその扉からうかがえる範囲では、蔵の中も荒らされた様子はない。

「なくなった反物ってのは、ここにあったのか？」

たまたま居合わせたので一緒に店まで来てくれた樺倉さんは、蔵の中を覗き込みながらそう問いかけた。

「はい、昨日の昼に職人さんから受け取ってきて、確かにこの蔵の、ここの棚に置いたんです」

尚哉が蔵の中へ入り、入り口の一番近くの棚の、真ん中あたりの棚板をさした。その棚の下には、消えた反物が包まれていたのであろう風呂敷が一枚落ちている。

「反物がなくなったと気付いたのはいつだ？」

「ついさっきです。新しい反物を店に出そうと思って蔵を開けたら、床に風呂敷が落ちてて、あれって思って棚を見たら、昨日置いた特注の反物がどこにもなくて……慌てて兄ちゃんを呼びに行ったんです」

「なるほど」

樺倉さんは蔵の中に入らずに、入り口からその中をぐるりと見回した後、蔵の扉とかんぬき、錠前を確かめ、振り返らずにまた質問を投げた。

「この錠はいつもかけてるのか？」

「夜、店を閉めた後から日中、必要になるまではかけてます。今朝、反物がなくなったって気付いたときも、おれが外すまで錠前はちゃんとかかってました」

「そうか。昨日、その特注の反物をしまった後にこの蔵に出入りした奴はいるか？」

「あ、俺入りました」

ケンちゃんくんが手を挙げた。彼は元々尚哉の遊び仲間だったのだが、数年前からうちの店の手伝いをしてもらっている。が、尚哉がずっと「ケンちゃん」と呼んでいるので、名字も名前も全く思い出せなくなってしまっている。

「時間は覚えてるか？」

「もうすぐ陽（ひ）が沈むかなってころだったと思うんですけど……正確に何刻頃かとかはわかんないです」

「そのとき、ここに反物が置いてあったかどうかは？」

「それは確かにありました。いや、まぁ風呂敷開けて確かめたわけじゃないんで、実はそのとき既に中身だけすり替わってました、とかってことはあるかもしんないですけど、あの風呂敷で包んだ何かがそこにあったのは確かです」

「そうか。他に入った奴は？」

樺倉さんの問いかけに、皆が顔を見合わせ、一言二言確認をし合い、首を振った。それを見て、ケンちゃんくんと同じく、尚哉の元遊び仲間のよっくんくんが手を挙げた。尚哉がずっと「よっくん」と呼んでいるので、以下略。

「他は誰も入ってないみたいなんで、ケンちゃんの次に蔵の中を見たのは俺だと思いますけど、閉店して、蔵の鍵（かぎ）をかけるときに、念のために入り口から中を覗いただけで、風呂敷の中までは確認していません。風呂敷に何か入ってたのは確かだと思います。鍵はその後、いつも通り尚ちゃんに渡しました」

「なるほど。とりあえず店を閉める時点までは反物はあったと思われる、と。それ以降は、今朝、反物がないと気付くまで誰もこの錠前は開けてないってことだな？」

樺倉さんが皆を見渡して、確認するようにそう問いかけると、各々色んな表情を浮かべながら頷いた。

自分の店のことながら、自分が何も言わないうちに皆がきちんと証言をしてくれるので、正直することがない。もちろん、特注の反物を昨日の昼頃に蔵に入れたことも知っているし、夜になって鍵をしめた後、尚哉がその鍵を肌身離さず持っていたことも知っている。

まず、尚哉が反物を盗むことは絶対にない。自分の店の商品を盗んだりして、その後バレずに売るなり仕立ててしまうなんてことがそう簡単にできるとも思えないし、なんといっても尚哉は尚哉なので、あいつが罪を犯すとしたらそれはもう罪の定義のほうを疑うべきだ。

風呂敷の中身だけすり替えられていたという可能性もかなり低いだろう。わざわざ盗んだ布の代わりのものを風呂敷に包むなんていう隠蔽工作をしておきながら、夜中に錠のかけられた蔵から、すり替えておいたその偽物だけを持ち去るというのもおかしな話だ。

となると、反物がなくなったのは昨夜よっくんくんが鍵をかけてから尚哉が鍵を開けるまでの間ということになる。

蔵には一応窓があるが、全て格子が入っていてとても人が通れるようなものではない。……まぁ、猫なら、通れるだろうけど。

「二藤、この蔵、入らせてもらってもいいか？」

「あ、はい。どうぞ」

床に目を凝らしながら蔵の中へ踏み入っていく樺倉さんの横顔は、かなり強張っているように見える。単に犯人がどうやって反物を持ち去ったのかわからないからか、それとも。

「……何かを引きずった跡があるな」

消えた反物が置かれていた棚のすぐ下にしゃがみ込んだ樺倉さんが、呟くようにそう言った。

樺倉さんの見ている地面に目を向け、よくよく見てみると、うっすらと土埃が筋状に伸びていた。その筋を辿っていくと、入り口側から見て左奥の窓へ続いている。

「……おい」

その跡の先にある窓へ近づいた樺倉さんが、なにやら震えた声で呼びかけてきた。

「どうかしました？」

床の跡を踏まないように気をつけつつ樺倉さんの横へ行ってみると、彼は震える指先で格子のついた窓の枠を指さした。

「……こ、これって……」

「……猫の足跡、じゃないですかね」

素直に思ったままを述べると、樺倉さんの顔からさあっと血の気が引いていき、白粉でも塗っているのかというくらい白い顔色になってしまった。それでも樺倉さんはなんとか平静を装い、蔵の外でこちらを見つめている人々に向かって声を張る。

「誰か、昨日の晩におかしなものを見たり聞いたりした奴はいないか？」

「おかしなもの……ですか？」

「不審な人物とか、不審なものとか……ふ、不審な猫、とか」

「猫……？」

明らかに「不審な猫ってなんだ」という空気が従業員たちの間に流れる。けれど、あれでも一応同心である樺倉さんに向かって「何言ってるんだあんた」と言える人間もおらず、皆怪訝な顔をしつつ小声で「猫見た?」「見てないかなぁ?」という会話をしている。

「あ、そういえばおれ、猫見ました! 昨日じゃなくて、おとといの夜ですけど……」

尚哉が手を挙げた。他の従業員たちが「不審者じゃなくて猫のほうなんだ……」という空気を漂わせて尚哉を振り返る。

「夜中に目が覚めちゃって、せっかくだから厠に行ってこようと思ってそこの廊下を歩いてたら、この中庭のほうから子猫の鳴き声が聞こえてきたんです。どこかから迷い込んじゃったのかなと思って確かめに行ったら、ちょうどこの蔵のそこの窓の外あたりに子猫がいて……どうしたの、お母さんは? って声かけながら近づいていったら、どこかから大人の猫の怒ってるような声がして……そしたら急に上から布が降ってきて、びっくりしながらその布を顔から外したら、子猫がいたところには大人の猫がいて……えっ? て思ってる間にそこの木を登ってどこかに行っちゃいました」

尚哉の話を聞き終え、樺倉さんに目をやってみると、樺倉さんは腕を組んで俯いていた。もしかすると、腕を組んでいるのではなくて、震える体を押さえようとしているのかもしれない。

「そ、そうか。えー……そのとき降ってきた布は、この蔵にあったものか?」

「はい、でも売り物の反物じゃなくて、反物を持ち歩いたりするときに使うちょっと大きめの風呂敷でした」

そこまで聞き、うん? と思って軽く手をあげる。

「ちょっと待って、尚。俺その話知らないんだけど」

「あ、ごめん、大したことじゃないと思って言ってなかった」

「売り物じゃないとはいえ、それ普通に盗難でしょ。蔵にしまってあったものを誰かが勝手に持ち出したってことなんだから」

「……あ！　そうか！」

本当に今の今まで気付いていなかったらしい尚哉は慌てて頭を下げた。

「ごめん、兄ちゃん！」

「まぁないと思うけど、次はちゃんと言って」

「うん……」

しょんぼりとする尚哉の頭を軽くぽんぽんと撫でてやると、その横で難しい顔をした樺倉さんが呟いた。

「それにしても……犯人は蔵の中にあった布を一体どうやって持ち出したんだ？」

「もしも犯人が猫なら、そう難しいことじゃないとは思いますけど。風呂敷なら軽いし柔らかいんで、あの格子の隙間(すきま)から引っ張って出せるでしょうし」

そう返すと、樺倉さんはまだ白いままの顔を少しだけ上げて、眉根(まゆね)を寄せながら口を開いた。

「でも今日なくなったのは反物だろ？　でかいし、意外と重いし、流石に普通の猫の力じゃどうにも……」

「いや、普通の猫でも盗めると思いますよ。なくなった特注の反物って、かなり小さいものなんで。なんでも人形に着せる着物用だとか」

「ああ……たまにいるよな、そういう人形狂い……」

「あれ、確かそう言う樺倉さんも小町娘の人形を」

「待て待て待て二藤それ今関係ないだろ。ほら、えと、なんだ、反物！　特注の反物は小さいから、なんだって言うんだ？」

樺倉さんがすごい勢いで話題を逸(そ)らしにかかる。いや、そもそもこっちが本題か。

「えーと、小さいんで、巻芯(まきしん)もないし、軽いから普通の猫でも格子の隙間から引っ張って取り出せるんじゃないかと」

そう答えると、樺倉さんは少し考えるような表情を浮かべた後、また疑問を口にした。

「そもそも、普通の猫がなんで布を盗むんだ?」

「さぁ……化け猫だったら盗む理由あるんですか?」

「そりゃ……化け猫だからな」

真剣な顔でそう言い切った樺倉さん。この事件は、化け猫が犯人ということで事実上の迷宮入りを果たすのではないかという不安が脳裏をよぎった。

それから念のためにもう少し蔵を調べたり、近所への聞き込みをすると言うので、樺倉さんの部下二人へ使いを出し、店のほうは今日は臨時休業ということになった。

通いの従業員たちを店の入り口から送り出し、件(くだん)の蔵の見える座敷に座布団を置いて尚哉と二人で座り込む。樺倉さんの部下たちはもうここへ到着したようで、早速「相庭(あいば)、蔵の床や棚に不審な痕跡(こんせき)がないか確認しろ」とか「馬場(ばば)、蔵の格子が本当に全部はまっているか確かめろ」とか指示を受けて忙しそうに動き回っている。

「はぁ~……やっとお店の管理とかも慣れてきたところなのに……まさか泥棒が入るなんて……」

尚哉は疲れを滲(にじ)ませた声でそう言って、座布団と一緒に持ってきた小さな卓に頬杖(ほおづえ)をついた。

「まぁこればっかりは仕方ないんじゃないの。戸締まりとかはきちんとしてたんだし、まさか人間以外の生き物に盗みに入られるとは思ってもみなかったし」

「まぁそうだよね……って言うか、犯人は猫で決まりなの?」

そういえば、という様子で尚哉はこちらに首を向けた。

「少なくとも、実行犯は猫だと思うよ。足跡もあったし」

「実行犯？　どういう意味？」

「実際に蔵から反物を盗み出したのは猫で間違いないと思うけど、それが猫自身の意思なのか、それとも誰かが賢い猫にそうさせたのかはまだわからないってこと」

「誰かが猫に……ってそんなまさか」

「あり得なくはないと思うけど。見世物小屋の動物とかも、芸を仕込まれていろんなことをやってみせるでしょ。蔵から盗めそうな布を選んで持ち出そうとしたりしてる時点で、相当賢い猫だと思うし、その一連の動作を遊びとして覚えさせて、反物を盗ませるってことはできるんじゃないかな」

「うーん……言われてみれば確かに」

尚哉が腕を組んでうんうんと唸り始めると、玄関のほうからなにやら声が聞こえてきた。恐らく来客なのだろうとは思うが、ここからではろくに声も聞き取れないので誰だかはわからない。

　少しして、ゆっくりと襖があけられ、そこから遠慮がちに入ってきたのは、近所の仕立て屋の一人娘、こーくんさんだった。確か彼女の名字は……さ……サクラバ？　いや、少し違ったような……。

「こ、こんにちは……」

「あれ？　こーくん？　ごめんね、今日臨時休業で品物出せないんだ」

　尚哉が申し訳なさそうに眉尻を下げてそう言うと、元からほとんど常に眉尻が下がっているこーくんさんは、慌てて両手と顔を左右にぶんぶんと振った。

「あっ、いえ、はっ、貼り紙を見たので、今日はお休みだということはわかっていたのですが……その……三井くんが、二藤くんとお茶していくようにと……」

「ケンちゃんが？」

ああ、そういえばケンちゃんくんの名字は「三井」だったっけ。下の名前は……ケン……ケンタロウ？　いや、ケンシロウ？　……駄目だ、やっぱり思い出せない。

「はい……り、理由は、よくわからないんですけど……」

「うーん……なんでだろう？　おれ、こーくんになんか用事あるんだっけ？」

尚哉が不思議そうに首を傾げ、こーくんさんは困り顔で縮こまってしまった。まぁ多分ケンちゃんくんは気を遣ったつもりなんだろうけど、当の二人がこれだからなぁ……。

「心当たりないなぁ……もしかして、顔色悪く見えたとかかな？　まぁせっかくだからこっち来て座っていきなよ～。今お茶淹れてくるね」

「あ、いえ、おかまいなく……！」

「いいからいいから、休んでって」

そう言って、さりげなく押し入れから座布団を一枚取り出して卓の側に置き、台所へ消えていく尚哉。

ここは俺がお茶を汲みに行くべきな気もするが、尚哉が淹れるお茶のほうが間違いなく美味しいので、大人しく座っていることにする。

「え、ええと……失礼、します」

「ん、ああ、どうぞ」

恐る恐る、といった様子で座布団の上に正座するこーくんさん。尚哉や成海ならきっと何か話を振って彼女の緊張をほぐしてあげたりもできるのだろうが、残念ながら俺にそんな技術はない。とはいえ、尚哉が戻るまでずっと無言というのも彼女には辛そうなので、何か適当な話題は転がっていないかと、周囲に目を走らせてみる。すると、そういう場所を選んで陣取ったのだから当然だが、中庭の蔵と、その周りで地面を調べたり壁を調べたりしている樺倉さんとその部下たちが目に入った。

そういえば、こーくんさんの店もこのすぐ近所だし、仕立屋だからうちと同じように布が沢山あるはずだ。表沙汰になっていないだけで、実は同じようなことが起きていたり、何かしら手がかりになる情報を知っていたりはしないだろうか。

そう思い至って、蔵に目を向けたまま話しかけてみた。

「……もうどこかで聞いたかもしれないけど、昨日の夜、泥棒に入られたみたいなんだよね、あの蔵」

「あ……はい、聞きました……鍵のかかった蔵から反物がなくなったとか……」

「結構噂になってる?」

「ど、どうでしょう……? 私は、うちの仕立職人の方たちが話しているのを聞いただけなので……」

「犯人についてとか聞いた?」

「いえ……もう、犯人わかったんですか?」

一瞬、なんと答えるべきか悩む。普通「反物を盗んだのは猫か化け猫だ」なんて話、信じるだろうか。俺だったら信じないし、「お前は何を言っているんだ」と思うに違いない。

まぁでもこーくんさんなら、たとえ信じられないような話でも笑ったり貶したりはしないだろうし、ありのままを話せばいいか。

「うん、猫か化け猫の仕業だろうって」

「ば、化け猫……ですか?」

「まぁ、そう言ってるのは一人だけなんだけど。いずれにしろ猫の類っぽいんだよね。人が入れるような場所はないけど、猫なら格子の入った窓でも出入りできるし、実際窓のあたりに布を引きずった跡と猫の足跡があったし」

「そう、なんですか……」

「でも、俺にはなんで猫がそんなことするのかわからなくて、今一つ腑に落ちないんだよね」

「そうですね……確かにちょっと、不思議ですね」

そこまで話したところで襖がすすすと開く音が聞こえて、そちらに目をやってみると、尚哉がお盆を持って立っていた。

「お待たせしました〜。頂き物のおせんべいもあったから持ってきたよ〜」

尚哉はすすっと卓に寄ってきて、手際よくお茶とおせんべいを並べ、お盆を横に置いて座布団に腰を下ろした。

「結構二人でお話してたみたいだけど、何の話してたの？」

「反物泥棒の話」

尚哉が淹れてくれたお茶に口をつける。温かいお茶だが、濃すぎず薄すぎず、飲みやすくてとても落ち着く。

「その話か〜。本当、泥棒のせいで今日はお店開けられないし、困っちゃったよ……あ、そういえばこーくんのとこも反物とか沢山あるよね？　大丈夫だった？」

「い、いえ、うちは特に何も……お気遣い、ありがとうございます」

「そっか、よかった〜」

そんなやりとりをする二人を眺めつつ、せんべいを一枚かじる。硬い。顎が疲れるなぁ、と思った。

「あ、そういえば……」

不意に、こーくんさんが口を開いた。

「ん？　どうかした？」

「いえ、先ほどお兄さんが、犯人は猫らしいっておっしゃってましたけど……そういえば、昔近所に住み着いていた猫が、うちから古い布を何枚も持っていったことがあると父から聞いたのを思い出して……」

「え、本当!?」

自分が何か言う前に尚哉のほうが先に声を上げて

しまったので、中途半端に開いた口をどうするか迷った挙句、とりあえずお茶を一口することにした。お茶は、少し冷めていい温度になっている。

「は、はい、その猫はもうだいぶ前に亡くなっているので、今回の犯人とは違う猫なんですけど……」

「そっか……その猫が布を持っていった理由ってわかったのかな？」

「さぁ……布を持っていったときに祖父がその猫を叱りつけたらしく、しばらく姿を見せなくなってしまったそうで……一年近く経ってから、ずいぶん痩せて戻ってきたんだとか……。それで祖父も悪いことをしたなと思ったようで、うちでその猫の面倒を見るようになったのだと言っていました」

「……戻ってきてからの様子で、何か変わったところがあったかとかは聞いてない？」

そう問いかけてみると、こーくんさんは少し考えるそぶりを見せてから口を開いた。

「いなくなる前はあくまで近所に住みついていただけなので、元々どうだったかというのは父もわからないと思いますが……うちで餌と寝床を用意してやると、よく若い猫が来て一緒に餌を食べたり、同じ寝床で寝たりしていたらしいです。いつも同じ猫というわけではなくて、五、六匹が入れ替わり立ち替わり、たまに何匹かが鉢合わせたりすることもあったとか……」

こーくんさんの話を聞き、尚哉は腕を組みながら軽く顎に指を添えて「うーん」と唸る。

「兄ちゃん、どう思う？」

「どうって言われても、流石に情報少なすぎてなんとも」

「す、すみません、あまり役にも立たないお話を……」

「あ、ううん！　猫が布を盗んだなんて話、他に聞いたことなかったし、すごく参考になるよ。ありがとう」

　尚哉がそう言ってにこりと笑うと、こーくんさんはほんの少し赤くなり、小さな声で「い、いえ……」と返してまた縮こまってしまった。

　尚哉は「参考になる」と言ったが、結局有力な手がかりを得るには至らず、密かに溜息を吐く。

　まぁ犯人が本当に猫であるなら、動機がわかったところで反物を取り戻すことはできないだろうし、奇跡的に取り戻せたとしても商品価値がある状態ではないだろう。それでも、可能なら事件の全容を明らかにしたいという気持ちはあった。

「……あ、そうだ、思い出した」

　湯呑みを持ち上げて口をつけようとしたところで、尚哉が声をあげた。目だけでそちらを見ると、尚哉はこーくんさんに向かってなにやらキラキラした顔を向けていた。

「こーくん、聞いた？　今、町の西外れあたりに大道芸人が来てるんだって！」

「えっ、だ、大道芸人……ですか？」

「手妻もやってるらしいんだけど、おれ手妻って見たことなくてさ、よかったら一緒に観に行かない？」

「えっ、あ、ええと……」

　こーくんさんはまた少し頬を染めながら、困ったように視線をさまよわせている。

「ケンちゃんとよっくんも誘ってみんなで行こうよ！」

　弟よ。そこは二人で行くところだと兄ちゃんは思うぞ。

「あ、みんなで……ですか？　じゃあ、ご一緒してもいいですか？」

　こーくんさんも、ほっとするとこじゃないんじゃないかな、そこ。

「うん！　じゃあ後で迎えに行くね」

「はい、お待ちしてますね」

柔らかい笑顔で笑い合う二人のなかなか訪れない春を思いながら、ぬるくなったお茶をすすった。


それから四半刻ほど雑談をして、こーくんさんは店に帰っていき、尚哉は「せっかく時間があるんだし、お店の普段掃除できないところ掃除してくる」と言って部屋を出た。宣言通り、天井から棚の裏まで、年末ぐらいしか掃除しないようなところを一通り掃除し終えた尚哉は、昼過ぎに出かけていった。例の大道芸人とやらを観に行ったのだろう。俺は特にすることも思い当たらなかったので、帳簿の確認などをしながら過ごした。

夕方、樺倉さんが俺の元へやってきて「近所への聞き込みを済ませたが、なんの情報も得られなかった。明日も引き続き調査をする」という内容の報告をしてくれた。目撃情報が全くないことで「化け猫犯人説」の説得力が増した、と語る樺倉さんの顔色は蒼白だった。


日付が変わって翌日。

念のために朝一番で尚哉と一緒に蔵の中を確認してみたものの、特に異常は見つけられず、住み込みの者たちも含め、夜中に不審な物音や猫の鳴き声などを聞いた者もいなかった。至って平和な朝だ。

それからいつもと同じように店を開け、朝の事務作業を終え、だいたい昨日と同じ時間に店を出た。

店の暖簾をくぐって左斜め前へ視線を向けると、そこそこの広さの通りの向こうに成海の勤める茶屋が見える。成海は今日も縁台のあたりの掃き掃除をしているようだ。

茶屋を目指して歩いていくと、途中でこちらに気付いた成海が顔を上げて手を振ってくれた。それに手を振り返すと、成海は掃除用具を店の入り口に置いて、一度店の中へ消えていった。

ちょうど俺が縁台に辿り着いて勝手に昨日と同じ場所へ腰かけたところで成海が戻ってきて、冷たいお茶を出してくれた。

「いらっしゃい。今日もずんだのやつあるけど、どうする？」

「んー……ずんだも美味しかったけど、まぁ今日はいつもので」

「はーい、少々お待ちくださーい」

ここの団子はどれも美味しい。でもやっぱり、俺としてはみたらしが一番好みにあっている。

また店の中に戻っていった成海は、今度はすぐに出てきた。そのお盆にはみたらし団子一皿と湯呑みが一つ。

「……その湯呑みは？」

「あ、これは私の分。ちょっと休憩しようと思って」

「……小柳さんにちゃんと言ったの？」

「まぁまぁ宏嵩どん、せっかく焼きたてのお団子持ってきたってぇのに冷めちまいやすぜ。早く召し上がってくだせぇ」

成海はそう言って団子の皿と湯呑みを縁台に置き、俺の隣に腰かけた。

まぁ、多分小柳さんも気付いてはいるだろうし、いいか。

そう思って香ばしいにおいを漂わせる団子を一つ、頬張った。

「あ、カラス丸、いらっしゃい」

しばらく成海と昨日の反物泥棒の話やそれ以外の他愛もない話をしていたら、通りの向こうからカラス丸が歩いてきた。それに気付いた成海が、カラス丸に手を振って立ち上がる。

「ごはん持ってくるから待っててね」

近寄ってきたカラス丸に成海がそう声をかけると、

カラス丸は一声「にゃあ」と鳴いて、大人しく俺が座っている縁台のそばに腰を下ろした。この数日で俺は顔見知り程度には認識されるようになったらしく、ある程度警戒されている気配はあるが、とりあえず縁台一台分以上の距離を置く必要はないと判断されたようだ。

少しして、成海が水を張った茶碗と、魚の切り身と野菜の煮物を盛った皿をお盆にのせて戻ってくると、カラス丸はとことことその足元へ歩み寄っていった。

成海が茶碗と皿をカラス丸の前に置いてやると、今日もカラス丸は魚の切り身を避けて煮物をもりもりと食べ始めた。

「今日もそれ持って帰るの？　誰かにお土産？」

目の前にしゃがみ込んで話しかけてくる成海を完全に無視しつつ、カラス丸はむしゃむしゃと煮物を食べ、たまに水を飲む。

「あ、もしかして彼氏？　ちょっと連れてきなさいよー、彼氏の分もご飯用意してあげるからさー」

カラス丸に全く相手にしてもらえないにもかかわらず、成海はにやにやしながらそんなことを言い出した。流石に呆れて溜息を吐く。

「成海、猫を男色妄想に巻き込むのはやめなさい」

すると、成海はきょとん、とした顔でこちらを見返してきた。

「え？　何言ってんの、カラス丸は女の子だよ？」

「……え？」

つい反射的にカラス丸のお尻に視線が行く。なるほど、ぶら下がってない。今まで意図的に見たりしなかったので、気付かなかった。

「なんでそんな雄っぽい名前つけたの……普通に雄だと思ってたわ」

「いや、黒くて丸々としてたからカラス丸って名前だったんだけど……随分細くなっちゃったもんね……改名する?」

そういえば、初めてカラス丸に遭遇した日に「ちょっと見ない間に随分痩せた」とか言ってたっけ。

「いきなり呼び名を変えられたって、カラス丸だって困っちゃうわよ。ねぇ?」

小柳さんが少し大きめの茹でたささみ肉か何かを皿にのせて店から出てきた。カラス丸はぱっと顔を上げて小柳さんに駆け寄り、にゃあごと甘えた声で鳴いた。

「ほら、大きいお肉持ってきてあげたから、これをお土産にしてそっちのお魚食べちゃいなさい。お野菜だけじゃあなたの身体に良くないでしょ」

しゃがみ込んでカラス丸の目を覗き込みながら、小柳さんがそう言うのを聞いているのかいないのか、カラス丸はなにやらにゃあにゃあと鳴きながら小柳さんの着物の裾を突いてみたり、後ろを向いて一歩一歩、歩いてみたりしている。

「ごめんなさい、私はお店から離れられないから、これはあなたが持っていって頂戴」

カラス丸は何度か小柳さんを見上げて鳴き声をあげ、その度に小柳さんが「ごめんなさいね」と首を振るのを見て、しょんぼりしながらお皿に戻って魚の切り身をかじり始めた。

昨日もこんな光景を見たなと思いながら、一口お茶を飲む。昨日はカラス丸は雄だと思い込んでいたので、小柳さんを雌と認識して一緒に遊びに行きたがっているのだろうと思っていたのだが、そうではないとすると、カラス丸は小柳さんをどこへ連れていきたいのだろう、という疑問が湧いた。

雌同士、もしくは信頼の置ける人間を相手に、見せたいもの……食べ物を持って帰った先にいる誰か……一緒には来れない誰か……痩せて戻ってくると同時にできた、食べ物をあげたい誰か……

ふと、昨日のこーくんさんの話を思い出した。

猫が布を盗み、一年ほど姿を見せなくなったこと。その猫はずいぶん痩せて帰ってきて、五、六匹の「若い猫」たちがよく会いに来ていたこと。

そういえば、猫は一歳ほどで大人と同じ大きさになると聞いた覚えがある。布泥棒の猫が姿を消したころ、その「若い猫」たちははたして「若い」猫だったのだろうか。

こーくんさんの話に出てきた猫と同じように、一度姿を消し、痩せて帰ってきたというカラス丸。ただ、カラス丸は一か月ほどで戻ってきたらしい。初めてカラス丸に会ったあの日、慌てて帰っていったのは、もしかして、誰かがついてきてしまったことに気付いたからではないだろうか。「若い猫」ではなくて、もっともっと若い……

「カラス丸」

縁台から立ち上がり、カラス丸の側に寄ってしゃがみ込む。彼女は逃げずにこちらを振り返り、じっと俺の目を見つめてきた。

「もしかして、子供が生まれたの？」

後ろで小柳さんと成海が驚いて「え？　なんでそんな話に？」などと言っているが、カラス丸は何も言わず、目も逸らさない。

「何か困ってるなら、俺でよければ手を貸すけど」

猫相手に何を真面目に話しかけているのだろう、と思わないでもないが、なんとなく、少なくともカラス丸には、真剣に話せば伝わりそうな気がした。

しばらく俺を見つめていたカラス丸は、ふいっと目を逸らして魚の切り身の残りを平らげたかと思うと、小柳さんが置いた肉を咥えてとことこと歩き出した。そして、数歩歩いたところでこちらを振り返り、しっぽをくにゃりと揺らした。

それを「ついてこい」という意味だと解釈して、唖然とする成海と小柳さんを置いてカラス丸の後について歩き始めた。

いつもカラス丸が消えていく路地へ一緒に入り、長屋を一軒通りすぎると、そこには明らかに誰も住んでいない小さな家があった。カラス丸は割れた木戸の隙間からするりとその中へ入り込んでいく。流石に自分にはその隙間は通れそうになかったので、木戸を開けようと横に引いてみるが、開かなかった。

どうしたものかと思い、どこかに入れそうな窓でもないかと探し始めたところ、木戸の内側から、かたん、と何かが倒れる音がした。まさか、と思いつつ木戸に手をかけてみると今度は、すっと簡単に引くことができた。そっとその戸口から中を覗いてみると、恐らく心張り棒としてこの木戸を押さえていたのであろう長い棒がすぐ側に落ちていた。

……今この棒が外れたのは、偶然だろうか。それとも、カラス丸が外してくれたのだろうか。まぁ、後者だろうな。

少し埃っぽい家の中に踏み入ってみると、ところどころ破れた障子戸から日差しが差し込んで、意外と家の中は明るかった。

玄関を上がってすぐの部屋へ目を向けると、隅のほうでもぞもぞと動く何かがあるのがわかった。その何かのすぐ横には、カラス丸が座り込んでいる。

雪駄を脱ぐべきかどうか少し悩んで、誰も住んでいないし汚れているとはいえ、人の家に土足で上がるのは良くないなと、裸足で上がることにした。足は家に上がる前に洗えばいい。

式台に足をつくと、ぎ、と軋んだ。反対の足を上げてそのまま畳の上へ上がると、そこも、ぎし、と軋んだ。特に床が抜け落ちそうな感じはないが、どれくらい放置されている家なのかわからないので、気をつけるに越したことはない。

一歩一歩ゆっくりと足元の感触を確かめながら歩

き、部屋の隅のほうへ近づいていくと、だんだんか細い「にー」とか「なー」とかそんな感じの鳴き声が聞こえてきた。

「見てもいい？」

ある程度近づいたところで、念のためにカラス丸に声をかけてみると、カラス丸は小さく「にゃあ」と鳴いた。多分、どうぞ、という意味だろう。

もう二歩ほど近づいてみると、家の入り口から見えたもぞもぞ動く物体は、適当にくしゃりと広げられた、二藤屋から消えた例の反物だとわかった。その上に、うにうにと動く子猫が沢山いるので、反物全体がもぞもぞと動いて見えていたようだ。子猫たちはそれぞれが手を伸ばしたり、足を動かしたり、大口を開けてあくびをしたりと良く動くのでなかなか数えるのが難しいが、恐らく八匹いる。

肉を咥えたカラス丸も子猫たちの寝床に近づいてきた。

「沢山生んだんだね」

カラス丸は子猫たちを見つめたまましっぽをくねらせ、そのそばに肉を置いて「にゃあ」とまた鳴いた。

「……母乳が足りてるか不安なのかもしれないけど、この子たちには、それはまだ食べられないと思うよ」

思わずそう声をかけると、カラス丸は「え？」とでも言うように顔を上げて俺の顔を見つめてきた。

随分賢い猫だと思っていたが、子育てに関してはさっぱりなようだ。それで、いつもご飯をくれる信頼できそうな人間である小柳さん（成海を選ばないあたり本当に賢い）に助けを求めていたのだろう。

残念ながらカラス丸の意図は小柳さんには伝わらなかったが、それでも気付けて良かった。

子猫たちの様子を改めて見てみると、どの猫もよく動いているし、元気そうだ。そしてその周囲にも目を向けてみれば、反物でできた寝床の外側には干物の残骸と思しき麻紐付きの魚の尾びれと骨、おにぎりでも包んでいたと思われる竹の皮などが散らばっていた。ここしばらくの泥棒騒動の犯人はカラス丸で間違いなさそうだ。恐らく化け猫騒動も、カラス丸が子猫を咥えて歩いていたところを暗い中で見て、しっぽが二本生えているように見えたり、目が四つあるように見えたりしていたのだろう。

「……まぁとりあえず、みんなでウチにおいで。多分弟の尚哉と、お手伝いのお姉さんたちがなんとかしてくれるから」

そうカラス丸に提案してみると、カラス丸はまた「にゃあ」と鳴いた。その顔は、なんとなく笑っているように見えた。

ざりん、ざりん、ざりん。

雪駄が軽く地面に擦れる音がする。

よくよく耳をすませば、たし、たし、たし、と小さく軽い足音も聞こえる。

ざりん、ざりん、ざりん。たし、たし、たし。

それらの音を十数回か二十数回か繰り返すと聞こえてくる、別の音。

ざっ、ざっ、ざっ。

竹箒で地面を掃く音。

ざっ、ざっ、ざっ。ざりん、ざりん、ざりん。たし、たし、たし。

箒を持った成海が顔を上げ、いつものように声をかけてくれる。

「あ、カラス丸！　いらっしゃい！」

「……俺もいるんだけど」

ほんの少し拗ねて口を尖らせてみると、成海は笑って俺に向き直った。

「あはは、宏嵩も、いらっしゃい」

「うん」

いつもの縁台へ向かうと、カラス丸はもういつも俺が座る場所の足元に大人しく腰を下ろしている。

「今日はなんと栗あんがあるんだけど、どう？　食べてみる？」

縁台に腰を下ろすと、成海がそう聞いてきた。

「……甘いやつ？」

「それがなんと！　今回は我らがお得意様のために甘いやつと、甘さ控え目のやつの二種類をご用意しております！」

成海は「どうだ、すごいだろう」とでも言うように、ない胸を張ってそう言った。

「得意げに言ってるけど、作ったのは成海じゃなくてここのおじさんか小柳さんでしょ」

半分呆れつつ半分意地悪のつもりでそう言ってやると、成海はぷくっと頬を膨らませ、腕を組んで後ろを向いてしまった。

「あー、せっかく宏嵩のために甘くないやつも作ってって私が提案したのにそういうこと言うんだー。あー、もうせっかく作ってもらった栗あん、全部私が食べちゃおっかなー」

「ごめんて。栗あん、甘くないやつ一つ、お願いしますって。甘くないやつなら、あんだけカラス丸にもあげられるし」

「じゃあカラス丸の分だけ持ってくる」

「いやいやさっき俺のために作ってもらったって言ってたじゃん」

「なんだ、店先で痴話喧嘩か？」

声に驚いて顔を上げると、いつの間にか樺倉さんがすぐそこまで歩いてきていた。

「あ、樺倉さんいらっしゃい！　今日は甘い栗あんの団子ありますけど、いかがですか？」

「おう、んじゃもらおうかな」

「俺には？」

「仕方ないから甘くないやつご用意しますー」

「ありがと」

小走りに店内へ向かう成海の背中にそう声をかけた。

「カラス丸、久しぶりだな」

樺倉さんが俺の隣に腰を下ろしながら、カラス丸に声をかけた。カラス丸はちらりとだけ樺倉さんを見て、しっぽをくにゃりと揺らした。

「子猫たちがウチに慣れてくれたんで、カラス丸もそろそろ気晴らしの散歩に出ようかって気になったみたいです」

「そうか、よかったな」

樺倉さんがそう笑いかけると、カラス丸は「ああ、どうも」といった様子でおざなりに「にゃ」と返事をした。

「でも流石に八匹はいつまでも置いとけないだろ。どうすんだ？」

「まぁそこはカラス丸にもちゃんと話して、一匹か二匹だけ残して、あとはウチのお客さんとか取引先とかにもらってもらおうかなと」

「まぁそうなるよな。こっちでも猫の世話する余裕がありそうな奴に声かけとくよ」

「ありがとうございます」

そう樺倉さんに返しつつ、ちらとカラス丸を見ると、なんとなく不安そうな顔でこちらを見ている気がしたので、そっと頭を撫でてやった。

「すぐじゃないよ。しばらく先の話。みんながちゃんと自分で生きていけるようになるまでは、ウチでお世話するから大丈夫」

そんな話をしているうちに団子の用意ができたようで、小柳さんと成海がお茶と団子を持って出てきた。

「おまたせー、お茶と栗あん団子お持ちしましたー」

団子とお茶を俺と樺倉さんの側に置き、カラス丸の目の前にも皿に少しだけ盛った栗あんと、なみなみと注いだ水のお椀とを置いたあと、二人も隣の縁台に腰かけた。

早速団子を一玉頬張ってみる。栗の香りがしっかりしていて美味しい。滑らかなあんの中に粒の栗が入っているのもいい。

「そういえば、カラス丸見てて思い出したんだけど」

成海が自分用の湯呑みでお茶を飲みながら口を開いた。

「なんだ？」

「そういえば私、宏嵩のお店の反物がなくなった晩に、見たんですよ、化け猫」

「あら、初耳」

「うん、最初は夢だったのかなと思っててさ。でも樺倉さんに、近頃化け猫が出没してるって聞いて、もしかして夢じゃなかったのかなって不安になって、宏嵩に相談しようとしたんだけど……ちょうどそのとき尚ちゃんが来ちゃって、話しそびれたんだよね」

そういえば、あのとき何か言いかけてたっけ。言われて思い出した。

「あの日の前の晩さ、夜中に目が覚めたんだけど、あんまり月が明るいからちょっと窓開けて外を見てみたら……道の真ん中をカラス丸によく似た猫が歩いてたんだよね……蝶々の柄の綺麗な赤い反物を肩にかけて、二本足でさ」

成海はちらりとカラス丸に目をやる。

「まぁ化け猫騒動は結局カラス丸が子猫連れてるのをみんなが見間違えたって話だったからさ、きっとこれも見間違いなんだけど」

そう言って笑う成海と、一緒に笑い出す樺倉さんと小柳さん。

「どんな見間違いだそりゃ」

「なるったら、寝ぼけてたんじゃない？」

「いやー、むしろ寝てたのかもねー」

　いや、成海はしっかり目を覚ましていたのだろう。二藤屋からなくなったのが「蝶々の柄の赤い反物」だったなんて、成海に教えた覚えはない。

　そもそも、カラス丸は「賢い猫」の範疇を超えた賢さを見せていた。化け猫騒動は結局物事の前後関係等から、恐らくカラス丸が子猫を咥えているところを見間違えたのだろうという話で結論づいたというだけで、カラス丸が化け猫でないと言い切れる根拠はない。

　成海の化け猫目撃談を笑い話として盛り上がる三人を横目に見つつ、カラス丸に顔を向けてみると、彼女は素知らぬ顔で栗あんをもしゃりもしゃりと食べていた。

　まぁ、カラス丸が普通の猫でも化け猫でも、そんなに大きな違いでもないし、いいか。

　そう思いながら、また栗あん団子を一玉、頬張った。

桜城光の
フレンドリスト

Sakuragi Kou no friend list

テンポの速いＢＧＭ。タタタ、タタタ、タタタ、と、リズムに合わせてボタンを押すと、パパパ、パパ、パパパ、と、リズムにのって軽い銃の発射音が鳴る。

ターゲットの巨大モンスターが翼を広げ、太い脚で地面を蹴り、飛翔する。カメラを最大まで引いて地面に向け、モンスターの影を画面に捉えて、その影を避けるように走る。敵が一声高く鳴いて、急降下を始めたらショートカットキーを使ってカメラをデフォルト位置のキャラクター背後へ戻し、タイミングを計ってモンスターが着地する際の衝撃波攻撃をジャンプで避ける。着地前に空中ダッシュでモンスターに接近し、そこから空中コンボ、急降下技から地上コンボ、必殺技へと繋ぐ。ガンナーのアクションは手数が多いのでこれだけでも１００ＨＩＴを超え、あらかじめ弱点属性武器をセットしておいたのでダメージもなかなかだ。

ＨＰが残り３割を切ったモンスターは行動速度が上がり、左右の翼で交互に竜巻を起こす攻撃、嘴で噛み付く追尾系の攻撃、そして捨て身連続タックルの３つを繰り返すようになる。ランダムなタイミングで飛翔攻撃が入るが、必ず予備動作があるので対応に苦労することもない。

連撃は決めにくいが、きっちりアクションが止まるタイミングを見計らって威力の高い技を当て、ＨＰを削っていく。最後に捨て身タックルを２段ジャンプで上方向に避け、画面にモンスター固有の特殊攻撃アイコンが表示されたのを確認してボタンを押せば、専用モーションでモンスターの背中に飛びついての必殺技が繰り出され、残りの１割程度が一気に削れた。

断末魔の叫びをあげたモンスターは、コインやアイテム等をばら撒きながら地面に倒れ込む。軽く走り回ってドロップ品を回収し、最後にホーム帰還アイテムを使って帰還した。

これだけあれば当面の回復アイテム代にはなるかな……あ、でも復活薬も買い足さないとだから……後でもう何回か回っておかないとかな。

ふう、と一度息を吐いてヘッドホンを外す。塞がっていたのは耳だけだったはずなのに、急に五感が解放されたような気がする。暖色系ライトの優しい光に、コーヒーのいい香り、静かな落ち着く店内BGM。ゲームをしている間は感じなかったそういったものが、五感を通してじんわりと染み込んでくる。

お昼時の今、スタボの店内はお客さんが増えてきて、少しざわめきが大きくなってきている。そろそろ出たほうがいいかなと思って店内を見渡すと、まだそこそこに空きのある客席と、窓の向こうの雨に霞んだ街が見えた。

そういえば今日は朝から雨だ。空は暗いし、空気も冷える。こんな日は何となく憂鬱な気分になる。それでも以前ほど気分が落ち込まないのは、今日の午後の講義が「友達」と一緒だからだろう。彼らのことを思い浮かべると、自然と笑みがこぼれた。

なんだかいつも元気で賑やかな三井健介くん。ゲームが上手くてゲームに限らずいろんなことに詳しい一条良樹くん。そして、こんな自分と友達になりたいと言ってくれて、幼なじみ3人の輪に入れてくれた二藤尚哉くん。

彼らと一緒にゲームをするのはもちろん、一緒に講義を受けるのも一緒にご飯を食べるのも最近はとても楽しい。初めは自分なんかが彼らの輪に入ってしまっていいのかと思ったりもしたけれど、彼らはちゃんと「輪」の中に私の入る場所を用意して、受け入れてくれた。誤解があったり、それが原因で逃げ出してしまったりもしたけれど、結果的に生まれて初めて、「友達」と呼べる関係を築くことができた。まぁ、ほとんど二藤くんのおかげで、自分が努力したことなんてほとんどないのだけど……というか全然ないけど……本当に1ミリもないけど……

1人で勝手にじわじわ縮こまっていくと、かさ、と足元で小さな音が聞こえた。なんだろう、と思って机の下を覗き込んでみると、ゲームを始める前に取り組んでいた課題のプリントが1枚落ちていた。

いけない、また二藤くんに迷惑をかけるところだった。

椅子に腰かけたまま床に手を伸ばしてプリントを拾い上げ、思い返す。

そうだ。そもそも彼らと仲良くなったきっかけは、私が落とした1枚のプリントだったんだっけ——

＋＋＋

いつも通り大学の食堂で昼食を食べ、ゲーム機とヘッドホンを装備してゲームを始め、1クエストクリアして、ゲームを終えた。そしていつも通りヘッドホンを外して息を吐くと、目の前の席に見知らぬ人がいた。

心臓どころか全身が飛び跳ねるほどびっくりして、そのまま2、3秒鼓動も呼吸も止まった気がした。

「あ、こんにちは！　昨日はどうも〜」

目の前の席のその人は、目が合うとそう言って笑った。顔を見ただけではわからなかったけれど(基本的に人の顔を見れないので覚えていない)、その声と話し方と「昨日」というキーワードで、昨日講義と講義の間の時間に課題とゲームをしようと寄ったスタボの店員さんだと気付いた。

「すすすみませんでした!!」

慌てて立ち上がって頭を下げる。

なんでここに。同じ大学の学生だったのか。なんで話しかけてきたんだろう。お店でゲームしてたことそんなに怒ってるのかな。営業妨害だし、怒るのは当然か。大人しく大学のフリースペースの隅っこにでもいればよかった。なんで分不相応にもスタボでコーヒー飲みながら課題しようなんて思ったんだろう。消えたい。穴があったら入りたい。いっそそのまま埋まってしまいたい。

心の中でそんなことを思いながら大慌てで荷物と食器を片付けて立ち去ろうとすると、彼もちょっと慌てたように椅子から腰を浮かせた。

「あ～待って待って、とりあえず逃げないで」

え、なんで？　まだ何かあるのだろうか。確かに私は謝ったけれど彼はまだ何も言っていないし、2度と店に来るなとか、損害賠償をしろとか言いたいのだろうか。どうしよう怖い逃げたい消えたい。

「きみに返したいものがあるんだよー」

返したいもの？　なんのことだろう、と思ってちょっと彼の手元に目をやると（怖くて顔は見られない）、彼はトートバッグから何か紙を1枚取り出した。

「はいコレ」

机の上にぺらりと置かれたその紙は、昨日スタボで広げていたレポートのうちの1枚だった。ちょうどこの後の講義で提出しなければならないものだったのに、落としたことに全く気付かなかった。

「きみの落とし物だよね？　探し回る前に見つけられてよかったよ～。え～っと……」

彼は一度そのレポートに目を落とした後、ちょっと困ったような顔でこちらを見上げてきた。

なんだろう、なんでこっちを見てくるんだろう、と数秒考えて、名前が読めなかったのだろうということに思い至った。

「あ……桜城です。桜城光……です。……すみません……」

「おれは二藤尚哉って言います～」

自分が名乗ると、ふにゃっとした柔らかい笑顔を浮かべて彼も名乗った。

正直、眩しい。何がどうとは上手く説明できないけれど、なんだかもう彼そのものが光源なんじゃないかというくらい眩しい。……気がする。もちろん実際に彼が発光しているわけではないのだけれど、このまま正面に立っていたら、レーザー武器で撃ち抜いたみたいに跡形もなく消え去ってしまいそうな気がして、とにかく一刻も早くこの場を立ち去りたかった。

「えっと、わざわざすみませんでした。失礼します」

なんとかそう言いながらお辞儀をして、今度こそバッグと食器を持って素早くその場を離れた。

「えっ、あ……待って！」

……のに、また呼び止められてしまった。一体なんなんだろう。あんな真性の光属性みたいな人が、私なんかに一体なんの用があるというのだろう。

「…………まだ、何か……」

恐る恐る振り返ると、彼は立ち上がって、少し眉尻を下げて困ったような悩んでいるような顔をしていたけれど、すぐにきゅっと両手を握りしめて、口を開いた。

「ゲーム、今度一緒にやらない？」

彼はそこで少し言葉を切った。予想外のことに驚いて一瞬視線を上げた私の目をしっかりと見て、さらに続ける。

「きみと、友達になりたいんだ！」

ともだちになりたい？

ともだちになりたいって……どういう意味だろう？

「友達」になりたい？　私と？　いやいやそんなまさか。美人でもなければお金持ちでもなく、性格がいいわけでもすごい能力があるわけでもない。友達になんてなったところでなんのメリットもないはずだ。というかほぼ初対面で、お互いのことなんて全くわからないのに、「友達になりたい」なんて言うはずがない。

となると、「ともだち」というのが何か別のものを指しているのだろうか。なんだろう。そういえばゲームを一緒にやろうって言っていたっけ。ということは、ゲームの話だろうか。ゲーム……ともだち…………

「……そ、それって、フレンド申請ってことですか？」

持ったままだった食器をとりあえず近くのテーブルに下ろして、バッグからゲーム機を取り出す。本体のスリープを解除し、ゲームがサーバーに再接続するのを待ってからプレイヤーＩＤ画面を開いて彼に向ける。

「そういうことなら……この画面をスクショしてもらって後でＩＤ検索かけてくれれば……鍵はあけておくので……」

「え？　あ、うん……」

彼はスマホで私のゲーム機の画面の写真を撮り、それを少し眺めた後、また顔を上げて「にっこり」という表現がよく似合う笑顔を浮かべて言った。

「よろしくね！　こーくん！」

眩しすぎる笑顔。こー「くん」。

一瞬かちん、と硬まってしまった。明らかに男だと思われている。

それはそうだよね。こんな見た目でこんな格好で女には見えないですよね、すみません。というかどうしよう、この状況。女ですって言ったほうがいいのかな。いや無理無理。この空気でそんなこと言い出す勇気ないし。どうするのが正解なの。

「あ……えっと……あ～…………はい……」

諸々悩んだ末、それだけ答えた。

それから連絡先の交換をして、お互い講義の時間だったので別れた。

その日の帰り道、ゲームコーナーでも見ていこうと思ってふらりと大型の電気屋に立ち寄った。目的のフロアへ向かう途中、オンラインＰＣゲーム特集のコーナーがあったので覗いてみると、ヘッドセットの展示が目に入った。

そういえば今日、一緒にゲームやろうって言われたんだっけ。あのゲームはボイスチャット対応だし、マイクあったほうがいいのかな……でも本当に彼がフレンド申請してくるとも限らないし……もしかしたら彼はボイスチャット非対応の携帯ハードでしかプレイしないかもしれない……というかそもそも、マイクがあったところで喋れる気がしない。テキストチャットならまだハードルは低いけど……実家暮らしで親がいるんでボイスチャットは無理ですって言えば許してもらえるかな……ダメって言われたらどうしよう……

そんなことを悩んでいたら、ふと疑問がわいてきた。

そもそもなんで彼は私にフレンド申請してきたんだろう。

他に一緒にプレイできる人がいなかったんだろうか。でも結構メジャーなゲームだし、あれだけのコミュ力があるなら友達もたくさんいそうだし、１人くらいはやってる人いるんじゃないかな……。

もしかして、単に一緒にゲームをしたいわけじゃないのかも……まさか、どこかに私のＩＤ晒すつもりじゃ……⁉　どうしよう、やっぱりＩＤに鍵かけておいたほうがいいかな……でも本当に一緒にプレイしたいと思ってくれているのだとしたら申し訳ないし……いや、だからなんで私と一緒にプレイしたいんだろう。実は新手の詐欺とか？　プレイ自体が目的ではなくて、それをきっかけにして何か……幸せになる壺とか、買わされるんだろうか？　いや、同じ大学の人間相手に詐欺はリスク高いし、流石にないだろう。それに、なんというか、ほんの少ししかまだ話していないけど、彼には人を騙すとかそういうことはできない気がする。

じゃあやっぱり、本当に一緒にプレイしたいだけ？　なんでたまたま見かけただけの私と？

悩みながらゲームコーナーを歩き、悶々としつつ電気屋を出て、首を傾げながら家に帰った。もやもやしながらゲームを始め、なんだかんだいくつかクエストをクリアして、しばらく素材集めをした。

結局いつもと同じか少し遅いくらいまでプレイしたけれど、その日は誰からもフレンド申請は来なかった。

結局、なんだったんだろう。

翌日、大学へ向かいながらまた昨日の出来事について考えていた。

何度も確認したけれど、ＩＤの鍵のあけ忘れではなかったし、念のためにメッセージも一時的に全ての人から受け取れるようにしておいた。スマホもこまめにチェックした。それでも、何の連絡もなかった。

からかわれたんだろうか？　それとも、何か他のゲームと勘違いされた？　単に昨日は忙しくてゲームをする時間がなかった？

考えても仕方ないというのはわかっているけれど、どうしても気になってしまって、気付けばまた同じことを考えていた。

だって、友達とゲームなんて、したことがなかったから。ゲームだけじゃない。友達と遊んだことも、誘われたこともない。もちろん、誘ったこともない。

だから、彼がどういうつもりで一緒にゲームをしようと誘ってきたのかも、自分はどういうつもりで待っていればいいのかもわからない。

今日は何か彼と一緒になる講義はあるだろうか。それとも、彼はバイトでスタボにいるのだろうか。でも、もし偶然会えたとしても、こんなことで話しかけたら迷惑だろうか。忙しくて時間がなかっただけかもしれないのに、催促しているように思われるかもしれない。やっぱりもう少し大人しく待っていたほうが……というか、自分から話しかけるなんてことができるのだろうか。

悶々と悩みながら大学の門を抜けたところで、ポケットの中のスマホが震えた。ほんの少し飛び上がる程度には驚いたけれど、最近迷惑メールがよく届くようになってしまったので、これでもあまり驚かなくなったほうだ。とりあえずスマホを取り出して画面をちらりと確認すると。

「！」

そこに表示されていたのは、件の彼からのSNSメッセージ受信通知だった。

本当に連絡がきた。正直このまま連絡は来ないのかもしれないと半分くらいは思っていたし、ちょうど今彼のことを考えていたところだったので、かなり驚いた。

急に吹き出した手汗をシャツの裾で拭いながら、スマホをアンロックしてメッセージを開く。

『おはよ～！　今日こーくん講義ある？　おれ今日2限と4限なんだけど、お昼かその後とか会えるかな？』

なんというか、すごく友達っぽいメッセージが来た。

いや、友達なんていたことがないので、あくまで想像というか、漫画や小説の中での主人公たちのやりとりみたいだなと思っただけなのだが。

少しだけ緊張しながら、家族以外への初めてのメッセージを書こうと入力エリアを開く。

失礼のないように気をつけなきゃ……これは馴れ馴れしいかな……なんか図々しい気がする……あれ、何を答えるんだっけ……

10分ほど大学の入り口に突っ立ってスマホをぽちぽちと打ち、やっとの思いでメッセージを書き上げた。

『おはようございます。今日の講義は1限と2限と5限です。お昼と3限の時間は空いています。』

挨拶もきちんと入っているし、質問にもちゃんと答えているし、文章におかしなところもない。これでいいかな……多分、大丈夫だよね……よ、よし

……

送信ボタンを押して息を吐きながら、送信した文面を改めて読み返していると、1分もしないうちに「既読」の印がつき、びくっと肩が跳ねた。

『今日は1限からなんだね～じゃあもう大学にいるのかな？』

「既読」がついてからそう待たずに、メッセージが返ってきた。それに対してまた返事をしようとぽちぽちメッセージを打っていると、追加でメッセージが飛んできた。

『こーくん2限って何の講義？　おれ英文法Ⅰなんだけど、同じだったりする？』

『もし同じだったら一緒に座ろうよ！』

『あ、おれの友達も一緒だけどいいかな？』

1分程度置きに飛んでくるメッセージに全く返信が追いつかなくなって途方に暮れる。

は、早すぎて全然ついていけない……

口頭でのコミュニケーションが苦手な自覚はあったが、文字でのコミュニケーションなら何とかなるだろうと思っていた自分の考えがどれだけ甘かったのか、ファーストコンタクトにして思い知らされた。

それからなんとか2限は別の講義だということを伝え、お昼を一緒に学食で食べる約束をし、気付けば1限の開始時刻まであと5分と迫っていた。大慌てで走って、どうにかチャイム前に教室へ辿り着いたものの、講義が始まってもしばらくは酸欠で全く何も頭に入らなかった。かろうじて耳に入った言葉を可能な限りノートに書き取りはしたし、あの教授は講義に使ったスライドを後で配布してくれるので多分なんとかなるだろう。

2限目が終わったところでスマホを確認すると、また彼からメッセージが入っていた。

『おつかれ～！』

『こっちちょっと早く終わったから先に食堂の席とっといたよ～』

『食券の自販機のそばだから多分来ればわかると思うけど、わかんなかったらおれに電話して～』

対面でもろくにコミュニケーションが図れないのに、電話なんてできるわけがない。

もし食堂で彼を見つけられなかったら……いや、何が何でも見つけなくては……！

とりあえず「これから向かう」という内容のメッセージを送り、深呼吸をしてから、意を決して食堂へと向かった。

お昼時の食堂は当然混み合っていて、まだ2限目が終わってから10分と経っていないのに既に8割くらいの席が埋まっていた。食券の自動販売機は料理の提供カウンターのそばなので、そちらへ向かいながら周囲の席を見渡してみる。

顔、顔、顔、顔。意図的に人の顔を見ながら歩くなんて滅多にしない、というより全くしたことがなかったからか、だんだん頭の中が情報過多で処理しきれなくなってくる。そもそも彼はどんな顔をしていたっけ。わからなくなってきた。どうしよう。

不安と焦りで頭の中がいっぱいになり始めたころ、

少し前のほうの席で手を振っている人が目に入った。

「こーくーん！　こっちこっち〜！」

「あ……」

彼だ。顔も声も思い出せなくなっていたのに、昨日と同じふにゃっとした笑顔を浮かべながら手を振っている彼を見た瞬間、わかった。

電話をかけずに済んだこと以上の不思議な安堵感を覚えながら、急ぎ足で彼のいるテーブルへ向かう。

「お、お待たせしてすみません」

「ううん、全然平気！　こーくんもお昼買ってきなよ、荷物見とくよ〜」

「あ、いえ、に、荷物は、大丈夫なんでっ……昼食、買ってきますっ……」

ショルダーバッグのベルトをきゅっと握りながら、そそくさと食券の自販機へ向かう。

彼を信用していないとかそういうわけではなく、単に手ぶらで歩くのが何となく不安で彼の申し出を断ったのだが、せっかくの好意を無碍にしてしまって、彼は気を悪くしてはいないだろうか。

食券を求めて並ぶ人の列に自分も加わりながら、そんなことを考え、１人溜息を吐いた。

この大学の食堂は、いつも従業員のおばさんたちが素晴らしい連携プレーをしており、食券を出して1分以内にはほぼ確実に料理が出てくる。そのため食券自販機の列もあっという間に短くなり、自分が来たときには10人以上並んでいた列も、もう残り3人になっていた。

鼓動が僅かに速くなるのを感じる。そろそろかな、とバッグから財布を取り出し、あらかじめ５００円を握りしめて構えておく。

前の人が少し悩みながら「天丼セット　ミニ蕎麦orミニうどん」のボタンを押し、食券を取って注文カウンターへ進んでいく。それに合わせて自分も進み、食券自販機の前に立つ。そしてさっと５００円を投入し、ささっと一番左上のボタンを押して、さささっと食券を取って、さささささっと移動し、調理のおばさんが何か言う前にすっと食券を出す。

「はーい、日替わりねー」

おばさんがそう言ったところでぺこりと頭を下げて提供カウンターのほうへ移動すると、30秒程度で別のおばさんが揚げ物3つに生姜焼きと思しき肉料理ののった皿を差し出してくれた。

「日替わりでーす」

明るい声でおばさんがそう告げる中、見るからに重そうな（物理的にも、胃袋的にも）その皿を前に一瞬硬まってしまう。

「あら？　間違えちゃったかしら？」

なかなか料理を受け取らない自分を不審に思ったのか、おばさんが心配そうにそう尋ねてきた。

「い、いえっ、大丈夫ですっ」

慌ててそう答えながら料理を受け取って、セルフサービスになっている白米と汁物のコーナーへ向かった。

この食堂の驚異的な提供スピードは多くの学生にとってはきっとありがたいものなのだろうが、自分はそのスピードにプレッシャーを感じて、誰が責めるわけでもないのに、1秒でも早く食券を出さなければと焦ってしまう。その結果、500円と手頃で券売機の一番左上とわかりやすい位置にある日替わり定食が自分の「いつものメニュー」になっている。

それがルーチンワーク化されてしまっているので、日替わりの中身を確認しないことも多く、今日のように重すぎるメニューや苦手な料理が出てきて、受け取ってから「どうしよう」と悩んでしまうことも、実はよくあることだったりする。

セルフコーナーで白飯をほんの少しと、椀に半分程度の味噌汁、緑茶を添え、ずっしりとした本日の昼食を持って、彼が待つ席へ戻る。

「お……お待たせしてすみません……」

「あ、こーくんおかえり～。ここどうぞ～」

そう言って彼は自分の隣の席に置いた荷物を避けた。

隣に座れということなのか。正面は正面で確かに色々難はあるけれど、だからといって隣に座ることに難がないのかといったらもちろんある。しかし勧められた席に座らないわけにもいかないし、そもそもそこ以外に座れる席もない。意を決して、小さな声で「失礼します……」と言って机に昼食のトレイを置き、席に腰かけた。

「よっ、サクラギ」

「こんにちは」

「⁉」

突然かけられた声に髪の毛が逆立つかと思うくらい驚いた。恐る恐る顔を上げると、自分と二藤くんの前の2席にそれぞれ男の人が座っていて、こちらを見ていた。

「あ、この2人が今朝言ってたおれの友達ね。よっくんと、ケンちゃん」

隣の席から二藤くんが2人を指して補足を入れてくれた。

「あ、え……っと、桜城光、です……よろしく、お願いします」

慌てて頭を下げると2人は笑って軽く手を振った。

「固いなぁ、そんな畏(かしこ)まらなくていーって」

「そうそう、どうせケンちゃんには敬語なんてわかんないしさ」

「いや敬語くらいわかるわ！」

自分から見て左側に座っている、サラサラした髪に少し切れ長の目をした彼が「よっくん」……ツンツンした髪で声が大きくて運動が得意そうな彼が「ケンちゃん」……え、本名は……

「こーくん、それ日替わり定食？　今日のは随分ボリュームあるね～」

　隣から二藤くんが少し身を乗り出してこちらのトレイを見て驚いたような声をあげた。

「え？　あ、はい……いつもの癖で頼んだんですけど……思ったより、重そうで……」

「やっぱりそれ多いよね～。でも食べきれなかったらケンちゃんが食べてくれるから大丈夫だよ！」

「いや尚ちゃん、何が大丈夫なのそれ。ていうか俺をなんだと思ってるの」

「え？　だって食べるでしょ？」

「俺をそんな意地汚い奴みたいに言わないでくれよ尚ちゃん……」

「食べないの？」

「食べるけど……」

「ってことだからサクラギ、なんならあらかじめいらない分ケンちゃんの皿に移しときなよ」

「えっ、いや、あの、それはっ」

「よっくんも、無駄にサクラギを困らせてやるなって」

　なんだかいつの間にか会話が進んでしまい、名前を聞くタイミングを完全に逃してしまった。どうしようと思いつつも、もはや自力で名前を聞き出すことなどできる気がしないので、とりあえず今は諦めることにした。

　それから彼らは講義の話やゲームの話、漫画やアニメ、ドラマの話などをしながらそれぞれ昼食を口に運んだ。自分も彼らの話を聞きながら日替わり定食に挑み、たまに流れ弾のように自分に振られる話にしどろもどろになりながら答えた。

　なんとか全力で本日の大分ボリュームの多い日替わり定食を食べ進めたものの、結局クリームコロッケらしき揚げ物と、やたら長い海老フライをケンちゃんさんに食べてもらい、いつもよりかなり時間をかけてようやく自分の皿を空にすることができた。

「ご……ごちそうさまでした……」

「頑張ったね～。そんなに無理しないで、ちょっと残したらいいのに」

「いえ……作ってくれた方に申し訳ないので……」

「そっか～。こーくんは偉いなぁ。おれもできるだけちゃんと全部食べようと思うけど、そこまで頑張れないな～」

そう言いながら二藤くんはお茶を一口飲む。

「そういえば尚ちゃん、サクラギになんか相談あるんじゃなかったの？」

よっくんさんに言われて、二藤くんは見るからに「なんだっけ」と思っていることがわかる顔でしばらく黙り込んだ後、「あー！」と声をあげてぱっとこちらに顔を向けた。

「そうそうこーくん！　おれこーくんに相談したいことがあったんだよー！」

眩しい。やっぱりなんだかよくわからないけれど眩しい。野球場か何かの巨大なライトを向けられているような気がする。

ちょっぴり眉尻を下げた困り顔で少しだけ前のめりな彼（眩しい）に、つい体を引いてしまいつつ、

「な……な、なん、でしょう……か……」

そう返事をする。

「あのゲームね、おれまだキャラクターも作ってなくて、昨日兄ちゃん家でやらせてもらおうと思ったんだけど、キャラメイクは時間がかかるしせめて種族と最初のクラス？　と初期ステータスボーナスの割り振りは考えてから来い、相談は受け付けない、って言われちゃってさ……どうしたらいいか一緒に考えて欲しくて」

「は……はい、自分で、よければ……」

ゲームの話か。それならまだなんとかなるような気がする、と安堵の溜息を吐くと、よっくんさんとケンちゃんさんが立ち上がった。

「あれ、2人ともどうしたの？」

「まだしばらくここにいるっしょ？　食器下げてついでに飲み物とか買ってくるわ」

「サクラギと尚ちゃんの食器もついでに片付けてくるから、こっちに出して」

「ほんと？　ありがと～、お願いしま～す」

二藤くんは遠慮なく目の前のケンちゃんさんへ食器を差し出した。

それを見て、よっくんさんが「ほら、サクラギのも」と言ってこちらに手を伸ばしてくる。

「い、いいいいいやいやいや大丈夫です、やりますっ、自分で片付けるんでっ、だいっ、大丈夫です！」

「いいからいいから、遠慮すんなって」

大慌てで両手を振って断ったのだが、よっくんさんもケンちゃんさんも笑いながらそう言って、結局自分の食器も一緒に持っていかれてしまった。

彼らとは本当についさっき顔を合わせたばかりなのに、なんだか申し訳ないというか、むしろ心苦しい。

「でさ、こーくん、さっきの話なんだけど」

何事もなかったかのように二藤くんは話を戻した。

彼らの間では、今のようなやりとりは良くあることなんだろうか。それは、特別彼らがお互いに気兼ねしない関係だからなのか、それとも一般的な友達関係というのはそういうものなのか、自分には判断がつかなかった。

「まず何から考えたらいいのかな？」

「ええと……そうですね……、初期の設定値にどんなものがあったのか、よく覚えていないので……実際にやりながら考えるのがいいと思うんですが……今携帯ハードとか持ってますか？」

「おれそもそも携帯ゲーム機持ってないんだよね～。パソコンもまだないから、しばらくあのゲームは兄ちゃん家のパソコン借りて遊ぶつもりなんだ」

携帯ハードどころか、自宅でのプレイ環境もないのか。しかもまだキャラメイクすらしていないと言うし……彼は何故(なぜ)いきなりそんなゲームのフレンド申請をしてきたのだろう……？

レベリング、だろうか。スタボで私がこのゲームをプレイしているところを見ていたから、私のレベルが高いことは知っているだろうし……でもだからってそれだけの理由で見ず知らずの人間にいきなり声をかけるだろうか。

謎(なぞ)は深まるばかりだ。

「えっと……でしたら……端末お貸しするので、やってみますか？　ＩＤとパスワードを控えておけば、後でお兄さんのパソコンからもプレイできるので……。キャラメイクと……時間があれば、チュートリアルくらいまで、とか」

そう提案してみると、彼はぱっとうれしそうな表情を浮かべた。

「いいの⁉」

「え、ええ……よろしければ……どうぞ……」

「やった～！」

彼はそう言って本当に嬉しそうに笑った。なんだかその笑顔を見ているだけで自分も笑顔になってしまいそうになり、慌てて目を逸(そ)らしてバッグを開いた。

ゲーム類をまとめてあるポーチを引っ張り出し、そのポーチから携帯ゲーム機を取り出して、スリープを解除する。サーバー再接続を待ってログオフし、タイトル画面に戻ったところで、隣に座る彼にゲーム機を差し出した。

「ど、どうぞ……ニューゲームを選択すればキャラメイクに入るので……」

「おー、ありがと～！」

ゲーム機を受け取った彼は、まるで小さな子供が新しいおもちゃをもらったときのようなわくわくとした表情で、早速キャラメイクを始めた。

「えーっと、まずは……性別は男、っと……次は、種族？　色々あるんだね～。あ、このサイボーグっぽいのかっこいいな～！　あれ、種族でステータスが違うの？　うーんと……これは防御が高いけど、攻撃力低めなのか……難しそうだなぁ。こっちは魔力と攻撃力が高いけど防御が低くて……こっちはバランスタイプか～、無難な感じだね～。え、こっちは攻撃も防御も低いの？　でも素早さが全種族中で最も高い……うーん、色々あって悩んじゃうなぁ……ねぇこーくん、こーくんのおすすめとかある？」

　画面を横から少し覗き込むようにして見ていたら、彼が突然振り返って思いがけず近い距離で目があってしまい、慌てて離れる。

「わっ！　えっ、はいっ、えっと……お、おすすめ、ですか？」

「うん、種族ってみんな特徴があるみたいだから、どれが一番おれに向いてるかなぁって、悩んじゃってさ」

　彼は、また困ったように笑った。なんだか彼のこの表情によく似た犬がいたような気がする。なんだったっけ。

「ええと……そうですね……に、二藤くんは、アクション系のゲーム、得意ですか？」

「全然～。おれそもそもゲームは好きなんだけどすごく下手でさ～。だから初心者向けとか、ゲーム苦手な人でも使いやすいのがいいんだけど……」

　更に彼はなんだかすまなそうな表情になってほんの少し下を向いてしまった。ゲームが上手くないのが恥ずかしいのだろうか？　どんなゲームでも総プレイ時間が3桁を下らない自分のほうが人として恥ずかしい気がするのだけど……

「それでしたら……セリアンスロープとかがいいんじゃないでしょうか？　この種族は体力とスタミナの初期値が高いですし、その２つは成長率もいいはずです。攻撃力はそこそこですが、素早さが高めなので手数で稼げますし……魔力がとても低いので、回復やステータス補助はアイテム頼みになってしまいますが……」

考えつつそう答えると、彼はまたぱぁっと電球に明かりが灯るようにして明るい表情になった。

「おー、それいいね！　アイテムは買えばいいんだし、レベル上げとかしたらお金はたまるもんね！　よし、それにしよう！」

彼は迷いなく、ぽち、とボタンを押す。画面の中央でセリアンスロープの青年がぴょんとバク宙をして、ポーズを決めた。それからその青年が画面の中央でゆっくりと横方向に回転し、その両脇にまたウィンドウが開いた。

「えーと、次は……クラス？　あ、戦士とか魔法使いとかそういうやつか。この種族は魔力低いって言ってたから、魔法使い系は無理だよね。んーと、他のは、剣士、盗賊、暗殺者、ファイター……竜使いってかっこいいな～！　あ、でも魔力必要なのか……うーんと、じゃあ……うーん………こーくん、また聞いてもいい？」

「あっ、はい、おすすめのクラス、ですか？」

「うん……説明読んでもイマイチイメージがわかなくて……」

確かにこのゲーム内の諸々のテキストはゲーム慣れした人向けのものが多いので、彼のようなライトユーザーには少しわかりにくいだろう。今後本当に彼と一緒に遊ぶことがあるなら、そういった部分のサポートもしてあげる必要があるかもしれない。人に何かを教えるなんてことをしたことがないので、きちんとわかりやすく伝えてあげられるか、自信はあまりないけれど。

「ええと、このゲームはクラスによってかなり戦闘時の操作が異なるので……比較的直感的でわかりやすいのは、やはりオーソドックスな剣士、かなと思うのですが……クラスはプレイ開始後、いつでも変更できるので、少し試してみてから合わなければ変えてしまっても良いかもしれません」

「なるほどー。じゃあまずは剣士にしてみようかな」

また彼がぽち、とボタンを押すと、画面の中で獣耳の青年の手元に片手剣が現れた。青年はその剣を手に取り、3回ほど振ってポーズを決めた。その後ろでは尻尾がゆらりゆらりとゆっくり揺れている。

「次は……ステータスボーナス？　あ、ちょっとだけステータス上げられるの？　えーっと、せりあん……なんだっけ、この種族は攻撃力高くはないって話だったから、とりあえず全部使って攻撃力上げとこうかな。えい」

そう言って彼は攻撃力の値にカーソルを合わせ、キーを連打してボーナス値を全て攻撃力に振って、次へと進めた。

まぁ初期ボーナスは本当におまけ程度だし、セリアンスロープで初心者がプレイするなら攻撃力か防御力に全振りするのが妥当かなと思うので何も言わずに見守ることにした。

「お、後は見た目の設定だね。よーし、どんなのにしようかな～」

ここからは自分の手助けも不要だろう。楽しそうにキャラクターのいろんなパーツを変えて笑う彼を、なんとなく微笑(ほほえ)ましい気分で眺める。

そういえば、自分も昔はあんな風に笑いながらゲームをしていたっけ。今でももちろんゲームは好きだし楽しいけれど、時々ふと、手元にはコントローラだけ、目の前にはゲームの画面だけしかない、右にも左にもそれ以外何もないという自分の姿に、なんと表現したらよいのかわからない、苦いようなな痛いようなものを感じることがある。

それは、特にこういったマルチプレイのオンラインゲームを遊んでいると強く感じた。現実世界の人々から逃げ、仮想世界のプレイヤーたちからも逃げ、いつも1人でいる自分。そうありたいわけではない。けれど、周りの人たちが何を考えているのか、自分をどう思っているのかがわからなくて、勝手に想像しては怖くなって逃げ出して。逃げてばかりいたら余計に怖くなって、普通に接しようにも「普通」がわからなくなってしまった。

そんな自分に、声をかけてくれた、目の前で楽しげにキャラクターメイキング中の二藤くん。

まだ会話をするようになって2日目だし、彼が何を思って今こうしているのかもわからないけれど、彼が決して悪い人でないことはわかる。これから今日みたいに一緒にご飯を食べたり、一緒にゲームをしたりしていたら、もしかしたら、なれるのだろうか。彼と、そしてよっくんさんやケンちゃんさんとも、「普通」の——

「尚ちゃん、それ誰?」

「まさか尚ちゃんじゃないっしょ?」

急に後ろから声が聞こえて盛大に驚きながら振り返ると、よっくんさんとケンちゃんさんがペットボトルの飲み物を手に二藤くんの後ろからゲーム機の画面を覗き込んでいた。

「あ、2人ともおかえり~」

「ただいま。なぁ尚ちゃん、このイケメン誰よ」

「え? おれだよ?」

「いやいやいや、尚ちゃんそんなキリッとした目してないから」

「うん、口元もそんなシャキッとしてないから」

「え~?」

2人が帰ってくるなり、急に賑やかになった。彼らは本当に気が置けない仲なのだろう。よっくんさんとケンちゃんさんの遠慮のない物言いにも、二藤くんは全く気にした様子はない。

「なぁ、サクラギもなんか言ってやってよ」

「ひっ⁉」

完全に外野のつもりで彼らのやりとりを眺めていたら、急に自分にボールが飛んできた。

「うん、1ミリも似てないってハッキリ言ってあげて」

「いや、あの……！」

「ちょっと2人とも、こーくんを困らせないでよ～！」

「いや、サクラギがコメントに困るようなキャラ作ったのは尚ちゃんだから」

「そうそう。俺らは事実を述べてるだけだから」

「え～？　そんなに似てないかなぁ……？」

そう言ってこちらへ視線を向けた二藤くんに、果たしてなんと言ってあげるのが良いのかわからず、「えっと」とか「その」とかをひたすら繰り返していると、よっくんさんが手を伸ばして、二藤くんの手元からひょいっとゲーム機を取り上げてしまった。

「尚ちゃん、ちょっと貸してみ」

「あ、ちょっと、それこーくんのだから大事に扱ってよ～」

「わかってるって。サクラギ、ちょっと借りるよ」

「あ、はい、どっ、どうぞ……」

そう返事をすると、よっくんさんはゲーム機を操作し始めた。おそらくキャラクターの見た目を調整しているのだろうと思うが、画面を覗こうとする二藤くんやケンちゃんさんによっくんさんは「まぁちょっと待ってなって」と言い、彼らに画面が見えないように数歩分離れてしまった。

それから2、3分ほど経った頃、よっくんさんはにやりと笑って、画面を私たち3人に向けてくれた。

「これでどーよ」

その画面には、横棒だけで表現された垂れ気味の目と、数字の「3」を縦に伸ばして横に寝かせたような形の口の、明るい茶色の毛並みを持つセリアンスロープの青年が映し出されていた。

正直に言えば、どこかのゆるキャラのようなかわいい見た目ながらかなり特徴を捉えていて、すごく良く似ていると思う。が、これを「似ている」と言ったら二藤くんに失礼な気がして、つい笑ってしまいそうになるのをなんとか堪(こら)える。

「ぶっは、なにそれ！　超似てる！」

そんな自分の横で、ケンちゃんさんが思い切り吹き出した。

「えー！　そんなに笑うほど似てるの⁉」

「似てる似てる、これは誰に見せても一瞬で尚ちゃんだってわかるレベル」

「だろ？」

得意げな顔になるよっくんさんと、笑い転げるケンちゃんさん。そして困惑しながらも嫌そうな顔はしていない二藤くん。

……なんか、いいな、ああいうの。

目の前の3人を眺めながらぼんやりと、そんな風に思った。

「……あ、ほらサクラギも笑ってるじゃん」

不意に目が合ったケンちゃんさんにそう言われ、はっとして自分の顔を触る。

え、いつの間に⁉　なんとか堪えてたのに、つい気が緩んで気付かないうちに笑ってしまうなんて……！　どうしよう、なんて失礼なことを……でもここで全然似てないと言ったらそれはそれでよっくんさんに失礼かもしれないし、なんて言えば波風立てずに済ませられるんだろう、正解がわからない。どうしよう、逃げたい、消えたい。

「ほら尚ちゃん、満場一致で似てる判定だって」

「いや、あの、これは、そうではなくて……！」

「サクラギ、無理すんなって。もうここは笑えばいいと思うよ」

「いえ、その……！」

「うーん、よっくんとケンちゃんはともかく、こーくんが似てるって思うってことは、本当に似てるのかな……」

「あ……いや……！」

「だから本当にそっくりなんだってこれ」

「んー……」

よっくんさんからゲーム機を返され、彼にそっくりなキャラクターが映し出された画面を眺めて二藤くんは少しだけ悩む顔をする。けれど、彼はすぐにまた元のふわっとした笑顔に戻って口を開いた。

「まぁこれかわいいし、似てるんならおれのキャラこれでいっか！」

二藤くんがぽちっとボタンを押すと、画面の中の彼はぴょんぴょん、となんだかうれしそうに飛び跳ねた。

結局弁解はできなかったものの、二藤くんは自分が笑ってしまったことについて特に怒ったり傷付いたりはしていないようだ。ほっとして、息を吐く。

「えっと、後は何かな……ユーザー名？　名前ってことかな？『Ｎａｏｙａ』っと……あれ、エラーになっちゃった」

「あ……その名前は既に使われているようです……何か、記号とかを後ろに添えたりすれば、いけるかもしれません」

首を傾げて止まった彼に、画面に表示されたメッセージを見てそう補足を入れる。

「そっかー、じゃあ、『Ｎａｏｙａ２』とか？……あれ、これもダメ？　うーん、じゃあ、『ＮａＯ－Ｙａ！』で！」

「ユーザー名元気すぎでしょそれ」

「いや尚ちゃんだし、いいんじゃね？」

ケンちゃんさんとよっくんさんも画面を見ながら、そんなことを言っている。

「あ、できた！『キャラクターメイキング完了。ワールドデータダウンロード中』だって。……ってことは……」

二藤くんは、くるっとこちらに向き直り、ぱぁっと背景にひまわりかマーガレットでも咲きそうな、明るくうれしそうな笑顔を浮かべた。

「これで、こーくんと一緒に遊べるんだ！」

その笑顔はとても眩しくて、直視していられないくらいだったけれど、ほんの一瞬目にしただけで、もう一生忘れられないくらい脳裏にしっかり焼きついた気がした。

「自分と一緒にゲームをする」ということをそんなに楽しみにしていてくれたのか。これから一緒に遊べるという、たったそれだけのことでそんな風に笑ってくれるのか。

上手く言葉にできないものが込み上げてきて、笑ってしまいそうなのに涙が出そうな気がして、「そ……そうですね」となんとか返事をして慌てて下を向いた。

二藤くんの手元のゲーム機上ではオープニングムービーが始まったようで、画面を見ながら彼は「おー！」とか「何今の！」とか「おっ、ボスっぽいヒト！」とか、色々コメントしながら楽しそうにしている。

彼はゲームが苦手だと言うし、初心者だし、一緒にプレイするのはなかなか大変ではあるかもしれない。でも、何故だろう。自分も、彼と遊ぶのが楽しみになっていた。

＋＋＋

「ご試食いかがですか？」

　スタボで2人掛けの席に座ったまま、ぼんやりと二藤くんに出会ってすぐのころのことを思い出していると、不意に、今はもう聞き慣れた声が聞こえてきた。声がしたほうに顔を向けると、いくつかの小さな白い紙コップののった黒いトレイを手に、二藤くんがいつもの笑顔ですぐ横に屈み込んでいた（ちなみに彼の場合、そもそもデフォルトが笑顔なので営業スマイルというものは存在しないようだ）。

「これね、今日から発売の期間限定のケーキなんだ。コーヒー風味のスポンジとコーヒー入りのホイップクリームと、ビターチョコのソースっていうちょっと大人向けなケーキで、おれ昨日試食したんだけど、すっごく美味しかったんだよ〜。よかったら食べてみない？」

　彼は、客に試食を勧めるというより、単に美味しいものを友人に勧めるという調子で小さな紙コップを差し出してきた。その紙コップには一口サイズにカットされたケーキが爪楊枝と共に収まっている。

「あ……ありがとうございます……いただきます」

「はい、どーぞ！　このケーキと相性抜群な限定ブレンドのコーヒーもご一緒にどーぞ」

　そう言って、二藤くんは私の机に2つの紙コップを置きながら、少しだけ声のトーンを落として続けた。

「こーくん、おれもうちょっとで今日はおしまいなんだけど、待っててくれる？　授業、一緒に行こ？」

　ほんの少し首を傾けた二藤くんに「は、はい」と返すと、彼はにこりと笑って別のテーブルへ向かっていった。

　その後ろ姿を少し眺めた後、時計に目をやると14時まであと15分というところだった。4限は14時45

分開始なので、おそらく彼の今日のシフトは14時までなのだろう。

あと15分あればもう1回くらいクエスト行ってこれるかな。

そんなことを考えながら、彼が持ってきてくれた試食のケーキに爪楊枝を刺して口に運ぶ。

甘すぎないクリーム、ふわりと香るコーヒーとビターチョコレート。そこに「相性抜群」だというコーヒーを一口含むと、少し酸味のあるそのコーヒーが舌の上に残ったチョコソースとコーヒークリームとをさらっていって、すっきりとした後味になった。

ケーキもコーヒーもちょうど自分好みで、もう少し食べたいような気もしたけれど、今日のところはもうあまり時間もないので我慢することにした。

次来たときにあのケーキがあったら、頼んでみようかな……頼めるかな……レジにいるのが二藤くんだったら、なんとかなる気はするんだけど……あれ、コーヒーのほうはなんてやつだったんだろう。限定って言ってたから、レジでメニューみたらわかるかな……覚えてたら後で二藤くんに聞いておこう。

机に置いていたヘッドホンを付け直し、携帯ゲーム機を手に取る。

二藤くんがバイトを終えて戻ってくるまでに、もう1回くらいさっきのミッション行けるかな。ただの金策ミッションだし、間に合わなかったらリタイアすればいいか。

そう考えながら、ゲーム機のスリープを解除して再ログオンする。

自分のキャラクターが扉をくぐってメインロビーに現れる短いムービーの後、カメラがキャラの背後に回って操作可能になると、早速先ほどの金策クエスト受託のために依頼人の元へと歩き出した。

クエストエリアへの出発ゲートの前を通りかかっ

たとき、ちょうど目の前に他のプレイヤーが現れ、慌てて横に避けた。アバターがロードされると、そのプレイヤーがかなり高レベルな男性ウィザードであることがわかった。彼はあたりを見渡すと、少し離れたところにいた初期装備の女性剣士に駆け寄って行った。ちらりと見えたチャットから推察するに、どうやらウィザードの彼が初心者剣士さんのお手伝いをしようとしたものの、上手くサポートできずに剣士さんはクエストに失敗してしまったようだ。

そういえば私と二藤くんも最初はあんなだったな。そんなことを考えながら、その場を離れる。

二藤くんのキャラメイクをしたあの日は、あれからチュートリアルをプレイしてもらって基本的な操作を教え、その夜に早速一緒にプレイすることになった。しかし、ただでさえ不慣れなマルチプレイで、その上アクションRPGをプレイしながらテキストチャットを送るという、かなり高難易度なプレイをしたおかげで彼のサポートもままならずに悲惨な結果になってしまった。結局メインクエストをほんの少し進めただけで、ろくにレベル上げもしてあげられなかったけれど、彼は「楽しかった！　また一緒に遊ぼうね！」と言ってくれたのだった。

彼は決して不満を言ったりはしなかったし、翌日顔を合わせたときも「昨日は楽しかったね」と声をかけてくれた。それでも自分は、せっかく一緒に遊ぼうと言ってくれた彼に申し訳なくて、こっそり自分1人のパーティを作って、キャラクターを操作しながらチャットを送る練習をしてみたり、初期に受けられるフリークエストをやり直してモンスターのポップ箇所やターゲットの行動パターンの確認などの予習をしっかりした。

その甲斐(かい)あってか、次に彼とプレイをしたときは大分余裕ができて、しっかりサポートをすることができた。

彼は自己申告通り、プレイスキルが低いのはもちろん、ゲーマーの勘もあまり働かないようで、それに起因してゲームシステムへの理解も今ひとつなようだった。そのため、あからさまに触ったらダメそうなギミックにも「あ、あれなんだろ～？」と駆け寄って、止める前に爆死したり、見るからに高レベルレアポップモンスターだろうなというモンスターに「見たことないやつがいる～！　えい！」と殴りかかってワンパンキルされたり、どう見ても炎属性の敵に炎属性のついた武器で殴りかかって「こいつ強いな～、全然ＨＰ減ってない！」と言いながらガンガン敵のＨＰを回復させていたりと、なかなかフォローが追いつかない。

それでも、彼は楽しそうにプレイしていた。勝った、負けた、成功、失敗という結果だけを見るのではなくて、そこに至る道中の出来事、ミッション達成のために工夫を凝らすこと、そして、ただ一緒にプレイしていることそのものを楽しんでいた。そんな彼と一緒にプレイしているうちに、ミッション失敗や、ゲームオーバーで１人落ち込んでいた自分も、それらを含めて楽しめるようになった。

それから自分が女であることが二藤くんに意図せずバレてしまったり（別に隠していたわけではないのだけど）、誤解を解こうともせず黙っていた自分を彼がどう思うか、確かめるのが怖くて逃げ出してしまったり、そんな自分をゲームの世界にまで探しに来てくれた彼と仲直りをしたり。彼には迷惑をかけてしまったけれど、その一件を通して彼とは本当に「友達」になることができた。……多分、二藤くんは最初からずっと友達だと思っていてくれたのだろうけれど、自分の中で、自信を持って彼を「友達」だと思えるようになったのはあの後からで、気がつけば一条くん、三井くんとも自然と友達として接することができていた。

それから二藤くんを通じて、二藤くんのお兄さん、その彼女さんの成海さん、その2人の同僚でたまにゲームでご一緒する樺倉さんと小柳さんといった人たちとも知り合った。彼らは、かなりのコミュ障と自覚のある自分を、決して面倒くさがったりせず、普通に接してくれた。おかげで、友達のように話すのはもちろん無理だけど、それでも意外と早くなんとか会話として成立するレベルに達することができた。

本当に、二藤くんと友達になれてよかった。今、毎日が楽しくて、大学も楽しくて、ゲームだって前よりずっと楽しいと思えるのは、全部彼のおかげだ。今この瞬間だって、彼の笑顔を思い出すと、胸の中がふわっと暖かくなる。それがなんだか心地よいような、どこかくすぐったいような気がして、少しだけ頬が緩んだ。

「なんのクエストやってるの？」

突然後ろから声が聞こえ、椅子がガタッと音を立てるくらい跳ね上がった。振り返ってみれば、当然そこにいたのは二藤くんだった。

「びっくりさせてごめんね～おまたせ」

私服姿の彼は申し訳なさそうな笑顔でそう言いつつ、同じテーブルの向かいの椅子に腰かけた。

「あ、すぐに、片付けますね」

「慌てなくてもいいよ～、講義までまだ時間あるし。それよりさ、それはなんのクエストやってるの？」

「これは、ちょっとお金稼ぎ用のクエストをやってただけなんですけど……」

「アイテムをたくさん買うのでお金が足りなくなってしまって」と言いかけて、そんなことを言ったら彼が気に病んでしまうかもしれない、と慌てて口を閉じた。彼は自分のそんな動作には気付かなかったようで、特に気にした様子もなく続けた。

「あー、おれもお金稼ぎ行きたいんだよね～。こーくんに手伝ってもらって、また結構レベル上がったし、そろそろ強い装備つけられそうだからさ～」

「あ、そうですね。そろそろアイアン装備からプラチナ装備に切り替えられるレベルでしたね」

「昨日ちょっと余ってる装備とか色々売ったんだけど全然足りなくてさ、クエストも1人で行ってみたんだけどこーくんみたいにサクサクできなくて時間かかっちゃうし、途中でアイテム使っちゃうからなかなかお金たまらないんだよね……」

　両手で頬杖をつき、猫背気味に溜息を吐く二藤くん。なんだかその様がかわいらしく見えて、少しだけ笑ってしまった。

「じゃあ、次遊ぶときは一緒にお金稼ぎクエスト中心にやりましょうか」

　ゲーム機のポーチと机の上に広げていたレポート類をバッグに入れてそう提案すると、二藤くんはぱぁっと明るい笑顔になって起き上がった。

「いいの⁉　やった～！　じゃあさ、今夜行こうよ！」

「今夜ですね、わかりました」

　そう返して立ち上がり、コーヒーのカップとトレイを片付けようとすると、「あ、おれ片付けてくるよ～」と言ってさっと二藤くんに持っていかれてしまった。前はこんなことがあったらそれだけで申し訳なくて胃が痛くなったものだが、今はもうそんなことはない。

　だって、彼とはもう「友達」だから。こういうときは、ただこう言えばいいのだ。

「ありがとう」

　彼はトレイを持って振り返り、いつものようにふわりと笑ってくれた。

天 邪 鬼 と 意 地 っ 張 り

amanojaku to ijippari

『だから、俺、必死で自分の気持ち隠してきたのに……でも、この気持ちに応えてほしいとか、思ってないですから……先輩に、迷惑かけないようにしますから、だから……！』

『待てよ！　誰が迷惑だなんて言った⁉　誰が応えないって言った⁉　俺の気持ちも考えろよ！』

『え……？』

『俺はな、お前なんかよりずっとずっと昔から、お前のことが』

突然、握りしめていた携帯が震えだした。

携帯小説を読むことにあまりに集中していたので、

「わっ」

驚いてつい声が出てしまった。

画面の上端部分を確認すればメールのアイコンが表示されている。先ほどのバイブレーションはメール受信の通知だったようだ。

「んもー……誰よ、いいとこだったのに」

溜息を吐きながらばふっと布団に顔を埋める。

たった今まで読んでいたのは、ジャンルとしては二次創作の恋愛小説だ。ただし、「好きだ」と言う側も言われる側も男性キャラである。いわゆるボーイズラブ、頭文字を取ってBLと呼ばれるものだ。

原作にちゃんと恋愛に発展しそうな女性キャラがいるのに何故他のキャラクターと、しかも男性キャラとくっつけたがるのか理解できない。

つい先日までそう思っていたはずなのだが、気付けば携帯やパソコンの検索履歴はBLのカップリング名で埋まっていた。人生何があるか、本当にわからないものだ。

いや、これは仕方ないことなのよ。だってすごく良いんだもの、BL二次創作。作ってる側がほぼ女性だからか、やたらと刺さるのよ。

誰に対してなのかわからない言い訳を心の中で述

べ、うつ伏せに寝転がったまま、もう一度大きく息を吐いた。それから少しだけ転がって横向きになりつつ、携帯ブラウザを終了させ、メールを起動して受信箱を開く。そして目に入ったのは、受信メール一覧の一番上にある未開封を示すアイコンと、送り主欄の「椛倉先輩」の文字。

　きゅっ、と急に胸を縛り上げられたような苦しさと、ビターのホットチョコレートのような熱、そして微かな甘さが一気に襲ってきた。

　椛倉先輩の卒業式の日から1週間。とりあえず連絡先は交換したものの、お互い毎日イチャイチャとメールのやり取りをするようなタイプでもないし、つい先日まで顔を合わせれば口喧嘩しかしないような間柄だったので、急に彼氏彼女らしいやりとりなんてできようはずもなく。おまけに先輩は大学入学に合わせて一人暮らしを始めるとのことなので、この春休みは忙しいだろうなと思うと、大した用もなくメールを送ることは憚られた。結局、あれからまだ一度もメールも電話もしていないし、先輩からも、連絡は全くなかった。たった今、この瞬間まで。

　椛倉先輩から初めてのメール。まぁだからといってそんな特別な内容でもないだろう。今期アニメの最終回を終えての感想とか、来期のあのアニメが面白そうとか、そんなことに違いない。

　そうやって自分を宥めつつ、ほんの少しだけ緊張しながらメールを開く。

『元気か？』

以上。ちなみにタイトルは「こんばんは」。恐ろしく無難だ。無難すぎて個性のかけらもない。

　そんななんの変哲もないというか、テンプレみたいなメールなのに、それが椛倉先輩から来たものだと思うだけで、なんだか胸のあたりがくすぐったいような、ちくちくするような、なんとも言えない感覚を覚えた。

タイトルを含めても10文字にすら満たないそのメールを眺めつつ、しばらくベッドの上でごろごろしてみる。そのメールには特に大量の改行の後に秘密のメッセージがあるとか、実はそのメールはデコメで白文字でなにやら書かれているとか（あの人デコメ使えるんだろうか）、そういうこともない。本当に見たまま、「こんばんは。元気か？」だけのメールだ。

　でも、ただそれだけのメールでも、樺倉先輩からメールが来たというその事実が「付き合ってるんだ」という実感をもたらし、頬が緩んだ。どうせ今は自宅の自分の部屋に一人きりで、誰にも見られてなどいないので、思う存分頬を緩められる。きっと今自分は、自分でも見たことがないような緩みきった顔をしているに違いない。

「……お返事、しなきゃ」

　別にメールを送った後に携帯を握りしめて今か今かと返事を待っている、なんてかわいいことはしていないだろうが、何か用件があってメールをしてきているのかもしれないし、あまり待たせるのも申し訳ない。

　ごろり、と仰向けになってメールの返信画面を開き、とりあえず深く考えずにぽちぽちとメッセージを打ってみる。

『元気です。』

　……流石に簡潔すぎるか。いや、でもあの文面だけじゃ普通に返すとこうなるのは仕方ない。とりあえずこちらからも聞き返すか。

『元気です。先輩もお元気ですか？』

　なんだろう、この中身が全くない感じ。近所の特に親しいわけでもないおじさんとのすれ違いざまの会話レベルだ。何か、こう、もう少し親しい感じというか、他人感がなくなるような返答はないだろうか。

『元気です。お引越しの作業は順調すか？』

これでいいかな。

5秒ほど悩んでから、送信ボタンを押した。あまり細かいことを何度もチェックしたり考え直したりするのは正直苦手だ。物事は思い切りが肝心。多少おかしなところがあったとしても、命を取られるわけではないのだし。

送信完了画面が表示され、樺倉先輩からのメールの画面に戻る。なんとなくさっきまで読んでいたBL小説の続きを読む気になれず、またごろりと転がってうつ伏せになりつつ、樺倉先輩からのメールをもう一度読み返す。

「元気か」と聞きたかっただけではないだろうから、何か用があるんだろうな。何だろう。そんなことを考えながら、今度は自分が送ったメールを開いてみる。さらりと読み返して、ん？　と引っかかるものを感じてもう一度読み返す。

『元気です。お引越しの作業は順調すか？』

「順調すか？」って何だ。「順調ですか？」と書いたつもりだったのに、「で」が抜けて調子に乗ったウザい後輩みたいになっている。なんでこんなところでミスしたのか。というか、なんでこんな短いメールで脱字するのか。流石にこれに気付かないのは我ながらどうかと思う。そういえばつい先日の学年末テストでも、誤字脱字、初歩も初歩な計算ミス等々、ケアレスミスで結構な点を落として先生に「もう少しきちんと確認する癖をつけなさい」と言われたんだった。

ああ、初めてのメールの返事で「順調すか？」とか、何この急に馴れ馴れしい感じ。もうやだ穴があったら入りたい。

布団に顔を埋めて「あー」とか「うー」とか言ってどうにもならない恥ずかしさと後悔を誤魔化そうとしていると、また携帯が震えた。

恐る恐るメール受信箱を確認すると、案の定先輩からだった。何か言われるだろうか。部活中は先輩後輩関係についてはきっちりしていて、言葉遣いができていない後輩に指摘している場面もよく見かけた。まぁ本人は親切心で指摘していただけだと思うが、何せあの顔なので後輩たちから恐れられる原因の1つになっていたのは間違いない。

とはいえ、さっきのはただのミスだし、何か言われてもそう答えればいいだけだ。腹を括(くく)ってメールを開いてみる。

『ぼちぼち。
次の日曜ってあいてるか?』

「順調すか?」について、1ミリも触れられていなかった。気付かなかったのか、ミスだろうと思ってくれたのか、急に馴れ馴れしくなったな、まぁいいか、と思われたのか。ああ3番目のパターンだったらどうしよう。

とにかく何か言われる前に謝ってしまったほうが良いだろうか。いや、でも気付いていないのならそのまま気付かずにいてほしい。でも確認しないことには、気付いているのかいないのかもわからないし、どう思われたのかもわからない。でももし気付いていないのに確認したら、気付かせてしまうことになる。ああでも……。

しばらく堂々巡りをした結果、とりあえず何も言われなかったのだから気付いていないに違いない、と結論づけて、こちらからも何も言わないことにした。

改めてメールを読み返して、返信画面を開く。

『特に予定はありません。』

簡潔すぎて素っ気ない気もしたが、余計なことを書いてまた失敗するよりはいいだろう。今度はしっかり3回ほど読み返し、誤字脱字その他のミスがないかを念入りに確かめてから、送信ボタンを押した。

Wotaku ni koi ha muzukashii

体感で1分あるかないか程度で返信が来た。

『よかったら出かけないか？

4月会えないかもしれないし』

どくん、と心臓がやたら大きな音を立てた気がした。

出かける？　先輩と？　え、それってつまりデート？

心拍数が急激に上がり、携帯を握る手に汗が滲む。

まるで心臓の激しすぎる鼓動が肺の機能を阻害しているかのように、だんだんと息苦しくなってくる。

返事、しなきゃ。

返信ボタンを押す指が震える。

『いいですよ。

何時にどこへ行けば良いですか？』

なんとか深呼吸をして、ある程度気持ちを落ち着けてから、ゆっくりと自分の打った文章を読み返す。

うん、大丈夫だ。……いや、もう1回確認しよう。

よし、今度こそ大丈夫。

心の中で「大丈夫」を繰り返しながら、送信ボタンを押す。

携帯を握りしめ、穴があくほど画面を見つめること2、3分。携帯が震え、画面上部にメール受信を知らせるアイコンが現れた。また少し脈が速くなるのを感じながら、新しく届いたメールを開く。

『10時くらいに東京駅の銀の鈴とか？』

東京駅か。待ち合わせが銀の鈴ってまたレトロな。どこに行くつもりなんだろう。まぁいいか。

『わかりました。』

手汗で少し滑る指先で、一言だけ書く。そのまま送信ボタンを押そうとして、もう一言添えようか、どうしようかと悩み、迷いながらゆっくりぽち、ぽち、と文字を打つ。

『わかりました。楽しみにしてます。』

大丈夫かな。おかしくないかな。何か意図しない意味で受け取られたりしないかな。

今度は10回くらい読み返して、それから1分くらい無言で悩んで、最終的には目をつむって「えいっ」と送信ボタンを押した。片目だけこそっと開いて画面の中央に「送信しました」のメッセージが表示されたことを確認すると、自然と大きな溜息が出た。なんだか無駄に疲れた。

携帯を胸に抱え込んでごろんと寝返りを打ち、仰向けになる。見上げた天井は、少し前まではありきたりな白一色だったのに、気がつけばアニメや漫画のポスターで賑やかになっていた。

先輩とよく話をするようになって、先輩の話をもっとよく理解するためにと見始めた漫画やアニメにどっぷりとハマり、オマケ付きの初回限定版を探し回ったり、店舗特典目当てで遠い店まで買いに行ったり、応募者全員サービスに応募したりするようになった。その結果、ポスターに限らず様々な漫画、アニメのグッズが増え、元々舞台関連グッズもそこそこあったので、部屋の中の展示スペースは既に限界を超えてしまった。

流石にごちゃごちゃしてきたな。整理しないととは思うけど、どれも見えるところに置いておきたいのよね。

そんなことを考えつつ、ぼんやりと天井のポスターを眺めていると、ベッドの真上から少しドア寄りに貼ってある、かわいらしい衣装でかわいらしいステッキを構えたかわいらしい少女のポスターに目が留まった。この作品は樺倉先輩一押しらしく、漫画やアニメを見始めたという話をしたときにやんわりと遠回しに（しかしわかりやすく）おすすめされて見始めたもので、キャラクターデザインもストーリーも良くて結局ハマってしまったものだ。

そういえば先輩ってかわいいもの好きっぽい……っていうか、大好きよね。……デート、かわいい系の服のほうが、いいのかな……

手持ちの服は基本シンプル系なので、あまり椛倉先輩の好みに合うものはない気がする。

土曜日、買いに行ってみようかな。上から下まで揃（そろ）えると結構な出費になりそうだけど……初デートだし、必要経費よね。あ、でも小物くらいなら使えるのあるかな？

そう思ってベッドから下り、クローゼットを開けようとしたところで、またしても携帯が震えた。もう今日は来ないかと思ったけど、「じゃあ当日」的な最後の返信だろうか。そう思って片手でメールを確認すると、

『じゃあ日曜にな。おやすみ。』

それだけの、概ね想定通りの内容だったのだが、何故か椛倉先輩の優しい笑顔（見た覚えがないが）といい声付きでメールが脳内再生され、一瞬にして首から上の血が沸騰（ふっとう）した。

「〜〜〜‼」

声にならない声をあげながら勢い良くその場にうずくまろうとして、

「〜〜〜〜〜‼」

つい先ほど開けようとしていたクローゼットのドアに、ものすごい勢いで額をぶつけた。一瞬目の前に星が散った気がする。

何よ何よ、今のは一体何なのよ⁉　あの椛倉先輩があんな表情するなんて、ありえないし！　声はまぁたまにかっこいいなと思ったりしなくもなくない程度に思ったりしたこともあると言えばある程度にあるわけだけど、顔はだってそもそも私の好みは正統派王子様系であって、あんな交番前に貼り出してある指名手配犯のポスターにのってても違和感ないような悪人面を間違ってもかっこいいなんて思ったりしないし！　まぁそりゃ先輩のことは好きだし多少そういうフィルターはかかると思うけど、それ

にしたって今のは妄想が過ぎる。どうした私。

ちょっと初デートに浮かれてるのか。

床にうずくまりながら、ついさっき脳内再生された謎の映像について怒涛の勢いで思考を巡らせていると、またしても携帯が震えた。

今取り込み中だってのに今度は誰よ！

八つ当たり気味にボタンを連打してメールを開くと。

『俺も楽しみにしてる。今度こそおやすみ。』

まさかの樺倉先輩からの連投。二度目も脳内再生余裕でした。

「〜〜〜〜〜っ、ひぁぁぁぁぁぁぁ……」

堪えきれず頭を抱えながら声をあげると、リビングのほうからお母さんが呑気に「アニメ始まるわよー」と言っているのが聞こえた。


ちら、と腕時計を見る。次に携帯を見る。そして、服を見下ろす。もう何度目になるかもわからない確認をして、やはり何度目になるかわからない深呼吸をする。

絶対に遅刻しないようにと、念を入れすぎて待ち合わせ場所に30分も早く到着し、ひたすら樺倉先輩が来るのを待っているのだが、どうにもそわそわしてしまってじっとしていられない。

待ち合わせの時間、10時だよね。

待ち合わせ場所、間違ってないよね。

先輩から連絡来てないかな。

服、おかしくないかな。

今朝からどころか昨日の昼前からショッピングモールで半日悩み、買って帰ってからも散々悩み、今朝も更に悩んで、腹を括って着てきた服を、もう一度見下ろす。

レースがあしらわれたチュニック丈のパーカーと

フリルのカットソー。シンプル目のホットパンツ、ピンクの小さなリボンがついた膝上丈の白ソックスに、爪先に丸みのある明るいチョコレート色のパンプス。

かわいい！　というほどのかわいさはないけれど、精一杯、これくらいなら着ても恥ずかしくないかなというギリギリの部分まで頑張って選んだ初デート装束。あまり普段は着ないような方向性の服ではあるけれど、似合わなくはない、と思う。

……先輩は、どんな反応するだろう。

かわいいと思ってもらえるだろうか。それとも、笑われるだろうか。笑われたら張り倒して帰ろう。

そういえば、先輩はどんな服を着てくるのだろう。まぁ初デートだからといってそんなに張り切るタイプでもないだろうし、普通にTシャツGパンなのかな。まさか漫画やアニメのプリントTシャツを着てるとか、シャツをインしてるとか、てのひらしか覆わない謎のグローブをしてるとか、巨大なリュックサック背負ってるとか、何故かバンダナしてるとか……いや、樺倉先輩はガチヲタ（本人はそう思ってないけど）だけど、超人目を気にするタイプのヲタクだからそんな絵に描いたようなヲタクファッションはしてこないだろう。でももし万一そんな格好してきたら……とにかく近場の服屋に連行して何か見繕って着替えさせよう。よし。

そう決意して顔を上げると、向こうの人波から少し抜き出たところで揺れる、見慣れたツンツン気味の頭を見つけた。あ、と思ってそれを眺めていると、少し人波が途切れたところで、こちらへ向かって歩きながらきょろきょろとあたりを見渡していた先輩と目が合った。

また、息が苦しくなる。心臓がばくばくしすぎて肺が活動を放棄したようだ。

先輩がこちらを見て軽く手を上げる。かろうじてそれに手を振って応えると、先輩はちょっと笑って足を速めた。

「悪い、待たせたか？」

人波を抜けて小走りに近づいてきた樺倉先輩が、テンプレ通りの台詞を言った。

「……まぁ、少し待ちましたけど、私が来るのが早すぎただけなんで」

目を逸らしながらそう答える。

ああ、なんで私もテンプレ通りに「ううん、全然待ってないよ」とか笑顔で言えないんだろう。

「そうか。……あの、こ、小柳？」

呼びかけられて顔を向け直すと、先輩はなにやら落ち着かない様子で首の後ろに手をやったり、ちょっと視線を周りに巡らせてみたりしていた。

「な、なんですか」

「いや、その……ふ、普段は、そういうの、着てるのか？」

正面に立っているのに顔を横に向け、視線だけこちらへ向けながら、先輩はそんなことを聞いてきた。

「え、何か変ですか」

もう何十回も見直した服をもう一度見下ろす。

裾がめくれていたり、襟が折れていたり、ボタンが取れていたりというような部分は見当たらない。コーディネートとしても、問題はないはずだ。ということは、単純に似合っていないのだろうか。

「あ、いや、えーと、その、ほら、制服とジャージ以外見たの初めてだからさ……いいんじゃないか。うん」

先輩はちょっと慌てたように、そう言いながら目を逸らした。

なんだか微妙な反応だ。やっぱり、似合ってないのかな。いっそ笑ってくれたら殴ってやるのに……変に気を遣われるのは、逆に恥ずかしい。ああ、なんだかもう帰りたくなってきた。

ほんの少し涙が出そうになり、下を向いてブラウスの裾をきゅっと掴む。そんな私の様子に何かを察したのか、単に無言の間に耐えられなかったのか、再び先輩が口を開いた。

「と、とりあえず、移動するか！　ここに突っ立ってても仕方ないしな！」

そう言った先輩の顔は見られなかったけれど、その無駄に明るく、ちょっと大きく、おまけにどことなくわざとらしい気配が漂うその声がなんだかおかしくて、少しだけ笑ってしまった。

「先輩……学校の体育館じゃないんですから、そんな大きな声出さないでください」

顔を上げ、先輩の顔を見てみると、いつの間にか先輩もきちんと私のことを見ていて、ばっちりと目が合った。

「お、おう……悪い」

先輩は少しだけ恥ずかしそうに目を逸らしたものの、すぐにまたこちらへ目を向けてくれた。

「で、どこに行くんですか？」

まっすぐに目を見たまま話すのは流石にまだ難しいものがあるので、少し視線を下げて先輩の服に目をやりながらそう訊いてみる。

「えーと……どっか、行きたいとことかあるか？」

先輩はTシャツとパーカー、デニムのパンツ、ハイカットのスニーカーというとても無難なファッションだ。

「いえ、特には」

もちろんアニメや漫画のプリントも付いていない。

「……なんか、見たいものとか」

特別ヨレているとかいうこともなく、清潔感もある。

「特には」

これなら服屋強制連行で着替えさせる必要もない。

「…………やりたいこととか」

「…………」

先輩の服装チェックをしながら深く考えずに返答していたが、流石に嫌な予感がして先輩の顔を見上げてみると、そこには明らかに焦った表情が浮かんでいた。

「……先輩、まさかとは思いますけど、ノープランじゃないですよね？」

ずばりと訊いてみれば、思い切り顔を背けて頭を掻く先輩。なんとわかりやすいのだろう。

「いや、お前が行きたいとこ行こうかなーって……」

「つまりノープランですよね」

「あー、その……」

ばつが悪そうにしながらも、先輩はちょっと下を向いてはっきりしない返事をする。

その態度に、まだ適当に誤魔化そうとしているのかと、ふつふつと怒りが湧き上がってきた。

「誘って待ち合わせ場所まで指定してノープランってどういうことですか。土日に部活の予定入れといて今日は自主練だとか言い出すようなもんですよ⁉ 元キャプテンとしてどうなんですか！」

「それ今関係ねぇだろ！」

我慢できずに強い口調でそう言えば、先輩も目を吊り上げて返してくる。

「逆ギレですか⁉　せっかく……せっかく初デートだからと思って楽しみにしてたのに！」

こちらを睨む先輩の目を睨み返して、そう本音を告げると、先輩ははっとした顔をして口を閉じた。

なんでいきなり喧嘩する羽目になるのかな……でもこれは絶対先輩が悪いもの。もう少し冷静に話すべきだったかもしれないけど、でもこれは私じゃなくたって怒るはず。だから私が怒るのも仕方ない。

仕方ないけど……

先輩への怒りと、その怒りを内に収めておけない自分への嫌気と、その他諸々の言葉にできない感情がお腹の中でぐるぐると混ぜ合わされて、ムカムカしたものが出来上がる。このまま先輩の顔を見ていたら、そのムカムカのままに無駄に先輩を怒らせるような言葉を投げつけてしまいそうで、背を向けた。先輩が小さく、あ、と言った気がしたけれど、無視して振り返りもしなかった。

　何度か深呼吸をして少し落ち着いてきたころ、先輩が動いた気配を感じた。背を向けて黙り込んだ私に、もう付き合ってられない、と思ったのだろうか。慌てて振り返ろうとすると、いつの間にか目の前に回り込んでいた先輩がそこにいた。

「……ごめん」

　目が合うなり先輩はそう言った。

「……何が、ですか」

　素直に疑問をそのまま口にすると、先輩は困ったような恥ずかしがっているような、そんな顔で私を見下ろしてきた。

「……出かけようって、誘うことだけで頭いっぱいで……どこ行くかとか、全然考えてなくて……誘った後でそれに気付いて、慌てて色々調べたんだけど……結局どういうところに行ったらお前が喜ぶかとかわかんなくて……その、最初のデートなのに、段取りできてなくてごめん」

　先輩はいつもよりずっと小さく、力のない声でそう言って項垂れてしまった。その様はどことなく、しょんぼりした柴犬を彷彿とさせる。

「……なんで最初からそう言わないんですか」

「……カッコわりぃじゃん」

　先輩は更に小さい声で拗ねたように答える。まるで子供のようだ。まぁまだお互い成人前だから、正確には2人とも子供ではあるのだけど。

　先輩の「ごめん」によって少しは宥められた先ほどまでの怒りと、胸のうちのムカムカしたものとをまとめて溜息にのせて吐き出す。

「本当、馬鹿なんだから」

「ば、馬鹿ってお前な」

ちょっと不服そうな声をあげた樺倉先輩にぐいっと近づいて、できるだけ近くからその顔を見上げる。先輩は驚いたように一歩下がる。そこにもう一歩踏み込み、更に距離を詰めて口を開く。

「じゃあ、今日は私に付き合ってくださいね。文句はなしですよ」

「お、おう」

その返事ににこりと笑顔を返し、後ろを向いて歩き始めると、慌てたように後ろからついてくる先輩の足音が聞こえた。

カップル。親子連れ。カップル。あれは友達グループかな。お一人様。カップル。カップル。

とりあえず近場の、たまにふらりと一人で訪れるショッピングモールへ移動していつも自分が歩くルートを歩き始めたのだが、やたらカップルの姿が目についた。元からこんなにカップルだらけの場所だっただろうか。気にしたことがなかったから気付かなかった。

ちら、と横を見ると、樺倉先輩は見るともなしに通りすぎる店に軽く視線を向けたり、たまに手元のマップ(入り口で取ってきたらしい)に目を落としたりしながら歩いている。

そんな真面目な顔をして一体何を見ているのだろう、自分の好みの店でも探しているのかな、なんて思っていると、ふとマップから顔を上げた先輩と視線がかち合った。

「ん? どうかしたか?」

「な、なんでもないです」

慌てて前に向き直る。

向こうから歩いてくる人、後ろから追い越していく人、目の前を通りすぎる人、店の中を見ている人。

やっぱりどこを見てもカップルが多い。自分たちも今日はそんなカップルのうちの1組なのか、と思うとなんだかくすぐったいような感じがした。

「先輩は、彼女とこういうところに来たことあるんですか？」

「お前……わかってて言ってるだろ」

「ふふ……ちょっと意地悪してみたかっただけです」

そんな軽口を叩いて、先輩のほうへ顔を向けてみる。ちょっと怒ったかな、と思ったのだが、目が合うか合わないかのうちに先輩はひょいと斜め上に顔を向けてしまった。

「お、おおお前はどうなんだよ」

「何どもってんですか」

「うっせ」

少しずり落ちてきたショルダーバッグを肩にかけ直して、左右に立ち並ぶショップにさらりと目を向ける。このあたりは普段通り抜けてしまうだけなので、どんなショップがあるのか実はよく知らない。

「まぁ友達とはよく来ますし、一人でもふらっと来たりしますよ」

普段通り抜けるだけのエリアは、つまりあまり興味を引くような物があるエリアではないということで、やはり覗いてみようと思える店は特に見当たらない。

「……彼氏、とかは」

なんだか少し低くて小さめの声で、ぼそぼそと言う先輩。

いつも私のことブスって言うし、どうせいなかっただろって思ってるくせに。さっきの仕返しのつもりかしら。

「先輩もわかってて言ってますよね？」

「いや、普通に……彼氏、いたのかなと」

目だけでこちらを見ながら、少し恥ずかしそうに
そう答えた先輩を、不覚にもかわいいと思ってし
まった。

ああ、この悪人面がかわいく見えるなんて、付き
合い始めたばかりなのに私は既に末期なのかもしれ
ない。それとも逆に付き合い始めだからこそなんだ
ろうか。いずれにせよ「恋は盲目」とは本当によく
言ったものだ。

そんなことを思いつつ、それを本人に気付かれた
ら恥ずかしくて死ねるので、うっかり顔に出る前に
さっと顔を背けた。

「お付き合いをするのは初めてですし……異性と出
かけるのも初めてですよ」

「そ、そ、そ、そうか」

そう返事をして、先輩は黙り込んでしまったので、
私もまたなんとなく周りの人を眺めてみる。

あれは若い夫婦かな、あっちは男の子の友達グ
ループ、ん？　あの2人組の男の子は……いや、や
めよう。その向こうにいるのは、自分たちと同じく
らいの歳(とし)のカップルか。もう付き合って長いのか、
そのカップルはとても自然な様子だ。

いつか先輩と私もあんな感じになれるのかな。

そんなことをぼんやり思いながらそのカップルを
眺めていると、2人は楽しそうに笑い合いながら、
自然な様子ですっと手を繋(つな)いで、そばの雑貨屋に
入っていった。

そういえば手、繋いだことないな。まぁ今日が初
デートなんだから当たり前か。でも逆に言えば今日
は初デートで、私たちはれっきとしたカップルなわ
けだし……手ぐらい、繋いでもいいかな……

そっと、隣を歩く樺倉先輩の顔を見上げてみたら、
何故かこちらを見ていた先輩と目が合った。先輩は
慌てた様子で顔を進行方向に向け直す。

「どうかしました？」

「いや、特に何も」

　用もないのになんでこっちを見ていたんだろう。本当は何か言いたいことがあったのかな。まぁ言ってこないってことは別に大したことじゃないってことだろう。じゃあ……

　ゆっくり一度だけ深呼吸をして、口を開く。

「あの、樺倉先輩」

「お、おう?」

「手ぐらい、繋ぎませんか。せっかくデートなんですし」

　そう言ってちょっと手を差し出してみると、先輩はその場で硬直してしまった。そしてみるみる顔が赤くなっていき、耳の先まで綺麗に染まったところで突然わめき出した。

「ばっ、おま、な、何言ってん……ついこの間付き合い始めたばっかだぞ!」

「なんだよしゃーねーなー」とか言いながらなんだかんだ手を繋いでくれるだろうと思っていたら、まさかの箱入り娘リアクションに、完全に言葉を失った。

「……いや、そんな顔して何言ってんですか。今時告白したその日にキスとか普通じゃないですか」

　数秒かけて心の態勢を立て直し、ちょっと呆れてそう言えば、先輩はなにかとんでもないことを聞いたとでも言うように、驚きと恥ずかしさとを綺麗に融合させた顔をした。

「いやいやいや普通じゃないだろ! ここは日本だぞ! 奥ゆかしさを重んじる国民性はどうした!」

「いつの時代の話ですか……まぁ若干盛りましたけど、実際、今時手を繋ぐぐらいは普通ですよね。女バレの花田さんと男バレの山田先輩だって告白したその日に手繋いで仲良く帰ってったじゃないですか」

　樺倉先輩は更に驚愕した様子で息を呑んだ。

「……あいつら付き合ってたのか⁉」

「そこですか⁉」

「いや、男バレはあんまそういう話しなくて……ってそうじゃなくて、とにかく！　手なんて繋がねーからな！」

そう言い切って、先輩はそっぽを向いて腕を組んだ。

「なんで！」

「なんでもだ！」

「どうせ恥ずかしいだけでしょ！」

「！」

絵に描いたような「図星です」の表情を浮かべる先輩。その背後には「ぎくっ」という文字すら見える気がする。

「言っときますけど、誰が手を繋いで歩いてようが誰も気になんてしませんから！　あなたが思うほどあなたのことなんてみんな見てませんから！」

「若干傷付く言い回しやめろ！　つーかそういう問題じゃねーだろ！」

「じゃあどういう問題⁉」

「たっ……他人がどうこうじゃなくて……単純に、なんか気恥ずかしいだろ！」

先輩はそう告白すること自体も恥ずかしいらしく、少し勢いが落ちつつも、あくまで「恥ずかしいから嫌だ」のスタンスは崩さない。

「どんだけウブなんですか！」

「ウブで悪かったな！　ハレンチ女！」

「ハレンチ女って……」

手を繋ぎたいと言っただけで「ハレンチ」って、本当にどこの深窓のご令嬢だ。ここまでくると呆れを通り越して感心してしまう。

「はぁ……わかりました、もういいです」

これは今ここで説得するのは不可能だろう。せっかくの初デートなのだから無駄に喧嘩に時間をかけるのは避けたい。

自分は手を繋ぐだけならそこまで気合いを入れるほどのことでもないと思うのだが、まぁ人によってはキスと同じくらい勇気がいるものなのかもしれない。少なくとも、目の前の非常に繊細な感覚の持ち主（とてもそうは見えないが）である樺倉先輩にとっては、そういうことなのだろう。

仕方なく手を繋ぐことを諦め、大きく溜息を吐いてくるりと後ろを向いて歩き出す。

「お、おい小柳、どこ行くんだよ」

後ろで先輩が何やら慌てたように声をあげた。もしかして私が怒って一人でどこかへ行ってしまうと思ったのだろうか。子供じゃあるまいし、そんなことするはずがないのにと思いつつ、立ち止まって軽く振り返る。

「どこって、そこですよ」

そう言ってすぐ目の前の店を指させば、先輩はぽかん、とちょっと間の抜けた顔をした。

「そこって……手芸屋？」

「そうですよ。言ってませんでしたっけ？　今日の最初の目的地」

「まぁ聞いてねぇけど……」

先輩は不満そうにそう言うものの、どちらかと言うと驚きで上手く反応ができていないようだった。

自分は最初にとりあえずあそこへ行こう、と目的地を告げたつもりだったのだが、先輩にはどうやら伝わっていなかったようなので、服屋か何かへ行くと思っていたのだろう。

「そうですか？　じゃあ、ここが目的地です。とりあえず、最初の」

「いや、まぁそれはわかったけど……お前、裁縫とかできるのか」

先輩の表情は非常にわかりやすく「意外だ」と言っている。先輩が私のことをどう思っているのかまだ今ひとつわからないけれど、なんだかとても失礼なイメージを持たれている気がしてならない。

「まぁ、小学生の頃から趣味で小物作ったりしてましたけど」

「へぇ……すごいんだな」

驚いたような、感心したような顔で、先輩はそう言った。

珍しく、というより初めてだろうか、先輩にこんな風にただ素直に褒められたのは。バレーでは、悔しいけれど、男女以前の実力差がありすぎて、先輩にどんなに教えてもらっても(あれを「教えてもらった」と言うのかという問題は一旦置いておく)手放しで褒めてもらえるようなプレイはできなかった。それが突然、趣味のこととはいえ「すごい」なんて言われて、なんだか照れくさくて、数歩の距離を詰めて隣にまた並んだ先輩の顔を見ることができない。

「今は何作ろうとしてるんだ?」

先輩が一緒に店内を歩きながらそう聞いてきた。少し興味を持ってくれたらしいその様子がうれしくて、嬉々として答える。

「今回はちょっと、衣装を作りたくて」

「衣装? え、お前服作るのか⁉」

先輩が目を見開いてこちらを見る。

「あ、衣装って言っても自分のじゃなくてドールの、です」

「ドールのって言ったって、服は服だろ。いつだったか家庭科の授業でエプロン作った覚えあるけど、あれですら結構面倒だったからな。ちゃんとした服作るのなんて相当大変だろ」

「まぁ色々細かい作業はありますけど、基本的には布切って縫ったり貼ったりするだけですし、根気さえあれば誰でも作れますよ」

「いやお前、その根気が続かないんだって、普通の奴は」

「そうなんですか？」

「そうなんだよ。軽く尊敬するわ」

そう言って先輩は笑った。

あ、なんか今いい感じに会話できてる。ちょっぴりうれしくなって頬が緩みそうになる。

「ほ、本当は自分が着る衣装も作ってみたいんですけど……まだちょっと勇気が出ないんですよね」

「勇気？　何の？」

「せっかくなら作った衣装着てイベントとか参加してみたいじゃないですか」

「イベント……？」

「地元の同人誌即売会とか、コミケとか」

「……」

「でもそうなると衣装だけじゃなくて、化粧とかウィッグとか、必要なものや知識がたくさんありすぎてハードルが……」

話しながら何気なく先輩のほうへ目を向けてみると、先輩が両手で顔を覆って肩を震わせていることに気付いた。

「先輩？　どうかしました？」

慌ててそう問いかけると、先輩はギリギリ聞き取れるかどうかという大きさの声で呟（つぶや）いた。

「……お前、いつの間にそんなどっぷりこっち側に……」

「こっち側って何の話です？」

「……俺か……俺のせいか……俺がアニメなんて教えたばっかりに……」

「え？　すみません、よく聞こえないんですけど」

困惑しながら聞き返してみても、先輩はゆるゆると首を振るばかりで、しばらく何も答えてはくれなかった。

手芸屋を出るころには先輩も調子を取り戻し、会話もいつも通りにできるようになった。

「次はどうします？　いつもだとバッグとかがあるあたりに……あ」

布やら糸やら金具やらを買ってそれなりに重い袋を提げて歩き始めると、ひょいと先輩にその袋を奪われてしまった。

「ちょっと」

「結構重いだろ。持っててやるから気にすんな。で、何だっけ、バッグ見に行くのか？　そういや俺も大学用のリュックかなんか買わねーとなぁ」

先輩は、何もなかったかのように元の会話を続ける。

普段デリカシーなんて1ミリも感じられないし、こういう気遣いとかもできないだろうと思っていたのに。

「……じゃ、じゃあ一緒に見ますか？　リュック」

先輩の初めて見る一面に触れて、ほんの少しドキドキしてしまったことがバレないよう、前を向いて僅かに俯き加減に歩く。すると、自分の決して小さくはない足の横を、一回り大きな先輩の足が歩くのが目に入った。そんな些細なことなのに、今は先輩とデート中なんだとか、先輩って足大きいなとか感じてしまって、頬の熱は冷めるどころかじわじわ温度を上げていく。

「や、俺のはまた一人で見に行くからいい。お前の見たいとこ行こうぜ。今日は文句言わずにお前に付き合う、って約束だしな」

そう言ってこちらを見下ろし、にっ、と笑う先輩。

ダメだ、どうしよう。先輩が、あの凶悪面の先輩が、かっこいい気がする。照れくさいを通り越して恥ずかしくなってきた。どうしよう、どうしよう。

「……どうした？」

下を向いて黙り込んでしまった私に、ほんの少し心配そうな先輩の声が降り注ぐ。

何か、何か言わなきゃ。なんとか平静を装って、いつも通り、なんでもない顔で、答えなきゃ。

「せ……せっかく人が一緒に見ようかって言ってるのに断るなんて、よっぽど恥ずかしいヲタク趣味なリュックを買うつもりなんですね」

まずい、と思ったときにはもう遅く、最初からそう言おうと思っていたかのように、口からは滑らかに憎まれ口が流れ出ていった。

いつも通りと言えばいつも通りなのだが、これは間違いなくまずい。

「あぁん？」

ああ、やっぱり。こちらから喧嘩を売りに行ったのだから、こういう反応になるのは当然だ。早く、謝らなきゃ。つい恥ずかしくて、って、言わなきゃ。

「あー、すみません、つい思ったことが口に出ちゃいました」

ああ、やってしまった。素直に謝るのが苦手にもほどがある。私ってなんて嫌な奴なんだろう。

「お前な……俺はお前と違って非公開で控えめなヲタクなんだよ！　ヲタク趣味丸出しのリュックなんて買うわけねーだろこのブス！」

ついに先輩も堪えきれずに反論に転じる。ここまでくるともう、坂を転げ落ちるように、というやつだ。

「な、何言ってるんですか！　私まだ全然ヲタクじゃないですし！」

「まだとか言ってるじゃねーか！　コスプレ願望なんかある時点で十分がっつりしたヲタクだっつーの！　コスプレなんて考えるだけでも恥ずかしいわ！」

「コスプレは作品とキャラへの愛情表現です！　それを恥ずかしいものだと断じるなんて、寂しい人ですね！」

「いやお前、愛情表現ってのはそもそもプライベートな場所でするもんだろ！　それをオープンにやる行為が恥ずかしいってんだよ！」

「あー、手を繋ぐことすら恥ずかしくてできない超センシティブな先輩にはそういうの一生ご理解いただけないのかもしれないですね！」

「こんのドブスが……！」


それから数分後、なんとか辿（たど）り着いたバッグエリアにて。


「だから俺のは今度自分で見るからいいっつってんだろ！」

「良さそうなリュックがあったから『どう？』って聞いただけでしょ⁉　なんでそこまで全力で拒否されなきゃいけないわけ⁉」

「お前が押し付けがましくあーだこーだ言い出すからだろうが！」

「こういうところがいいと思うんだけどって説明しただけでしょ！　日本語ちゃんと理解できてます⁉」

「あんだと⁉　このブス！」


そろそろ昼にしよう、ということで向かったフードコートにて。


「俺は……ラーメンにするかな」

「あ、じゃあ私も」

「お前はラーメンやめといたほうがいいんじゃないか？」

「なんでです？」

「いや……その……服、汚れるだろ」

「子供じゃないんだから大丈夫ですよ」

「ラーメンは汁はねるだろ」

「……先輩、そんなにラーメン食べるの下手（へた）なんですか？」

「なっ、馬鹿にすんな！　別に俺は服なんて汚さねーし多少汚れても気になんねーからいいけど、お前は汚すかもしんねーしそんな服汚したら目立つから一声かけてやっただけだろ！」

「先輩こそ馬鹿にしてるんですか⁉　ラーメンぐらい服汚さずに食べられます！　っていうか人の昼食にまで口出すのやめてください！　何様のつもりですか⁉」

「あぁ⁉」

ぶらぶら歩いて辿り着いた、モール内映画館前にて。

「映画か……」

「何か観(み)たいんですか？」

「いや、今日はいい」

「……そうですね、美少女ものアニメも戦隊ものも今やってませんもんね」

「俺だってそんなんばっか観てるわけじゃねーよ。勝手に決めつけんな」

「ああ、ロボットものも見ますもんね」

「お前なぁ……！」

その後もあっちに行っては喧嘩して、こっちに行っては喧嘩して。気がつけばもう夕方になっていた。

「……そろそろ、帰るか」

ショッピングモール内の通路兼中庭を歩きながら、先輩がそう言った。

「……そうですね」

見上げた先輩の横顔は、なんだか疲れた様子だった。それはそうだろう。ほとんど一日中、歩いては喧嘩して、喧嘩しては歩いてを繰り返していたのだから。

せっかくの初デートだったのに、なんでこんなことになっちゃったんだろう。本当はもっと恋人らしく仲良くお店を見て回ったり、お茶したり、楽しく過ごせるはずだったのに。

なんでいらないことばっかり言っちゃうんだろう。せっかく先輩からデートに誘ってくれたのに、もう嫌になっちゃったかもしれない。やっぱりお前みたいな奴とは付き合えないって、言われちゃうかもしれない。先輩のこと好きなくせに、なんであんな態度とっちゃうんだろう。私って本当にかわいくない。

じわ、と滲む視界。一人で黙って反省会をしながら、右手の袖(そで)で目元を拭(ぬぐ)う。こっそり溜息を吐いてとぼとぼと先輩の半歩後ろを歩いていると、突然左手が温かいものに触れた。なんだろうと思って目をやれば、私の左手を包む、先輩の大きな右手がそこにあった。

「その……今日は、ごめんな、色々」

驚いて顔を上げてみると、半歩前を歩く先輩は私の買い物袋を提げたままの左手で頭を掻きながら、続けて言う。

「デートの段取りはできてねーし、変に肩肘(ひじ)張って、お前が言ったことにいつもより突っかかっちまうし……それに、その、服もさ」

先輩がちらりと一瞬だけ、こちらを振り返る。

「俺の好きそうなの、わざわざ着てきてくれたんだろ？　服屋見てるときとか、全然違う服ばっか見てたし……俺は、すごく似合ってると思うし……かっ、か、かわいい、と思うけど」

最後のほうは少し声が小さく、ぶっきらぼうな感じではあったけれど、しっかりと聞こえた。かわいいって、思ってくれてたんだ。というか、気付いてたんだ、先輩の好みに合わせてきたこと。

突然手を繋がれたことや、先輩が謝ってきたこと、それに加えて今日の服のことなど、驚くばかりで声も出せずにいると、先輩は立ち止まってゆっくりとこちらに向き直り、まっすぐ私の目を見て口を開い

た。

「別に、俺に合わせたりとかしなくていいから……いや、す、好きでそういうの着てきたんなら、全然いいんだけどな？　なんつーか、無理とか、しなくていいから……今度、リベンジするから……また、付き合ってくれるか？」

西日に照らされた先輩の顔は赤とオレンジの間の、夕焼け色に染まっていた。珍しく必死な様子で見つめてくる先輩の瞳の中から、目を見開いて半分口を開けた自分が見つめ返している。

「リベンジって……何の」

なんだか頭の中身がいつのまにか風船にでも入れ替わってしまったようだ。頭は空っぽなのに、全然中に入っていかなくて、上手く思考ができない。

「……初デート」

先輩は少し恥ずかしそうに、でも目を逸らさずにそう言った。

ゆっくりと頭の中の風船が萎んでいき、先輩の言っていることがじんわりと染み込むように理解できてくると、先輩がもう一度デートをしようと思ってくれたことがうれしいのと、「初デートのリベンジ」などと真剣な表情で言い出すのがおかしいのとで、つい笑ってしまった。

「ふふっ……初デートのリベンジって、それもう『初』じゃないじゃないですか」

「……こまけぇこたぁいいんだよ」

「なんですかそれ」

「で、その……返事は」

少し不貞腐れたような声でそう言った先輩。私の左手と繋がったままの先輩の右手が、なんだか少し熱い気がした。その手を、渾身の力を込めて握り返す。

「いっ……!?　何すんだこの……！」

「受けて立ちますよ、初デートリベンジ」

そう言って先輩の右手をぐっと引いて、近付いてきた顔を真正面から見据える。

「楽しみにしてますね」

至近距離でにっこりと笑うと、

「お、おう」

ちょっとびっくりしたような顔で、先輩が頷いた。

それに満足してすっと顔を離し、まだ繋いだままの先輩の手を引いて歩き出す。

「次のデートのときは恋人繋ぎがしたいんですけど」

「……なんだそれ？」

「知らないんですか？　こう……指と指を絡めて……」

「！　ちょっ、や、なんかやらしくないか⁉」

「……どこらへんが？」

「いや、なんか、この指の絡む感じがそこはかとなく……」

「まぁ次会うときまでにその繊細すぎる感覚をなんとかしてきてくださいね」

西日が眩しい。空も、地面も、先輩も、私も、夕焼け色に染まっている。どんな色をしていても、今は全部夕日が染め上げてしまうから。火照った私の頬がどんな色をしていたのかなんて、きっと先輩は気付かなかったに違いない。

「そういえばさ」

「なんですか？」

「『順調すか？』ってなんだよ」

「……⁉」

Wotaku ni koi ha muzukashii

The Novel

オミアイ協奏曲（コンチェルト）

omiai concerto

元々勤めていたのは、ごくありふれた一般企業だった。のっぴきならない事情により、依願退職したのが今から1年ちょっと前。ちょうどそのすぐ後に用があって実家に電話をした際、「転職活動中なんだ」と言ったら、「このあたりで住み込みの使用人の募集があるんですって！」と鼻息荒く母に紹介されたのが、今の職場だ。

「住み込みの使用人」というのは、いわゆる「メイドさん」とか「お手伝いさん」とかのことだ。我が国においてそういった職業は、社会構造の移り変わりやらなんやらで一時期は絶滅危惧種になっていたらしい。

　転機となったのは高度経済成長期。飛躍的な経済成長とそこからほぼ停滞することなく続く緩やかな発展が女性の社会進出を大幅に進め、主たる家事の従事者であった女性が家事に割ける時間が激減した。一方で、女性の収入増加、持続的な好景気などの要因から多くの家庭で経済的余裕が生まれ、家事代行サービスが盛んに利用されるようになった。そして、そういったサービスを契約するのではなく、家事従事者として学生や独身男女を雇い入れ、住居の一部を提供するというスタイルが「社会奉仕的である」として特に富裕層の一部で好まれるようになり、再び「住み込みの使用人」という職業がメジャーになった。……とかなんとか、高校のころ、現代社会の教科書にのっていた気がする。

　現在では実家から離れた土地へ進学した学生のアルバイト兼下宿先としてであったり、若い男女が将来家庭を築くことを見据えて家事能力を鍛えるためであったり、様々な理由から住み込みの使用人になることが選択されている。

　私の場合は「いい歳なんだし、花嫁修行を兼ねてやってみたらいいんじゃない？」という親の勧めと、「執事モノBLの資料集め放題とかマジ胸熱」という下心から、求人に応募。使用人斡旋(あっせん)会社から連絡を受け、勤務先となるお屋敷まで面接に行ってみたところ……そこはしばらく疎遠になっていた幼なじみ、二藤宏嵩(にふじひろたか)の家だった。

宏嵩はもちろん、弟の尚(なお)ちゃん、宏嵩のお父さん、お母さんも私のことを覚えていてくれて、大歓迎を受け即採用。

それからなんとかかんとか、周りの人たちに助けられながら「メイドの成海(なるみ)ちゃん」として頑張っている。

……いや、頑張っていたんだけど……

＋＋＋

明るい。明るくて、暖かい。

もこもことしていながらとても軽い布団が、優しく身体(からだ)を包み込んでいる。その心地良さの中で、徐々に意識がはっきりしてくるのを感じる。

目覚ましのアラームも鳴っていないのに、こんなにすっきり目が覚めるなんて我ながら珍しい。きっと宏嵩に話したら「雪が降る」とか言われるに違いない。

布団の中で一度伸びをして、ゆっくりと目を開く。だんだんとはっきりしてくる視界に部屋の様子が映る。

半分開いたままのカーテンから差し込む朝日。小さなちゃぶ台の上に置かれたままのマグカップと、携帯型ゲーム機。

そういえば昨日はゲームをしながら寝落ちしかけて、とりあえずパジャマに着替えるだけ着替えて、寝ちゃったんだっけ。時間あるだろうし、片付けてからお仕事行こうかな。今何時だろう。

ヘッドボードに手を伸ばし、スマホを探り当てる。

もはや記憶はないが、スマホはきちんと充電していたようだ。さすが私。

時間を確かめようと画面の電源を入れたものの、そこに並んだ数字を見て、悩む。

ええと、朝礼が始まるのは……6時だっけ？　うん、そうだ、いつも6時ぴったりに玄関ホールで始まるんだ。

それで、ええと今は……5時58分か。うーんと、今5時58分ってことは……どういうことだ？　えー……朝礼まで、あと2分？

いやいやいや。そんなまさか。だって目覚ましちゃんとかけたし。目覚まし鳴る前に起きたし。多分まだ寝ぼけてるんだな。もう一回ちゃんと見てみよう。ええと、0、5、5、8？　ふむ。つまり、これは、えーと……

「……寝坊した――――！」

大慌てで着替えて化粧をして部屋を飛び出す。


なるべく足音を立てないようにしながら廊下を駆け抜け、階段を猛スピードで下りる。

このお屋敷は玄関と玄関ホールを中心にほぼ左右対称な形をしているが、間取りは左右で結構違う。今私が全力疾走中のこちらは、屋敷の外から玄関に向かって立ったときに右側に見える東棟のほうで、1階は主に物置、2階は使用人たちの私室、3階は客室となっている。ちなみに反対側の西棟には二藤家の人たちの私室、食堂、厨房、書斎などがある。

当然旦那様方の部屋のある西棟や、お客様が泊まる東棟3階をドタバタ走り回るなんてことは御法度だ。東棟の2階も非番の使用人さんたちが寝ていたりするので気を遣う必要がある。が、東棟1階はこの時間、基本的に誰もいないので何も気にせず全力で走ることができる。

そんなわけで、階段の最後の数段を飛ばして飛び降りた後、物置部屋の並ぶ東棟1階の廊下を全速力で走り始める。

「やばいやばい、寝坊とかマジやばい……！　樺倉さんに怒られる……！」

当たり前だが、こんな時間に自分と同じように慌てて玄関ホールへ向かう人などどこにもいない。静かな廊下に自分の喧しい足音だけが響いた。

玄関ホールに近づいてきたところでスピードを落とし、可能な限り気配を消してゆっくりと進む。抜き足差し足で歩いていくと、だんだんホールの静かなざわめきが聞こえてきた。

あれ、おかしいな。朝礼は6時に始まっているはずだ。朝礼中はいつも執事の樺倉さん以外は誰も喋らないのに。

そっとホールへの入り口から様子をうかがってみると、どうやら樺倉さんはまだ来ていないようだった。寝坊がバレなくてラッキーと思う一方で、何かあったのかなと心配になった。

「あ、あれ？　成海さん……？」

こっそりみんなの中に紛れてしまおうと思っていたのだが、すぐそばでこちらに背を向けていたメイド仲間のこーくんが不意に振り返り、見つかってしまった。

こーくんは住み込みアルバイトのメイドさんだ。尚ちゃんの大学の友達で、実家を離れてアルバイトをしながら一人暮らしをしていたらしいのだが、いつもアルバイトに追われる彼女を見兼ねた尚ちゃんが、大学にも近いし給料もいいからと、この家の住み込み使用人に誘ったのだとか。ちなみにこーくんは宏嵩と同じくらいのガチでコアなゲーマーで、「こーくんがいると兄ちゃんも楽しそうだから」との理由から、尚ちゃんに連れられて（強制連行とも言う）宏嵩の部屋で4人でこっそり一緒にゲームをする仲だったりする。

「おはよー。えへへ、うっかり寝坊して遅刻しちゃった。今日はこーくんも朝からなんだね」

「あ、はい、今日の午前の講義は休講だと先週聞いてたので……」

「そっかー。それなら朝ゆっくりしとけばいいのに」

「いえ……シフト入れられる日は、なるべく入れておきたいので……」

「そっかそっか」

にっこりしながらそう私が言うと、こーくんはほんの少し頬を染め、困ったような顔をして縮こまってしまった。

こーくんが今朝シフトを入れたのはお金のためや、雇ってくれている二藤家のためだけでないのは、普段こーくんが尚ちゃんを見つめるときの表情を見ていればわかる。こーくんが自分の気持ちに気付いているのかはわからないが、彼女の乙女な部分を垣間見て、朝からなんだかほっこりした気持ちになった。

「あれ、今日は朝から桜城さんと桃瀬さんもいるのか」

こーくんの向こう側から声が聞こえた。少し首を伸ばして確認してみると、そこにいたのは私たちと同じ使用人の相庭さんだった。

「あ、おはようございます、相庭さん」

「おはよう。桃瀬さん、さっきまでいなかったよね？」

「えっ、いや、あは、あはは……」

「ははは、大丈夫大丈夫。別に樺倉さんにチクったりしないし。それにしても、今日は早番の人多いみたいだね」

私たちは住み込みで働いているとはいえ、きちんと労働基準法に準拠した勤務時間が設定されているので、朝から晩まで丸一日使用人をしているわけではない。朝一から昼過ぎまでの早番、昼過ぎから夜までの遅番に加え、こーくんのようなアルバイトの人は数時間だけのスポットで入ることもある。

最近は早番で入っているのは大体10人くらいだったはずだが、言われてホール内を見渡してみれば今日はそれより多そうだ。

「確かにいつもより多いですね」

「ね。人手が多くて樺倉さんが来ないってことは、まぁ多分……」

「すまない、皆聞いてくれ」

相庭さんが何か言いかけたところで、よく通る声が玄関ホールに響いた。それは決して大きくはなかったけれど、ざわざわした空気を突き抜けてきちんと耳まで届く声だった。誰だろう。聞いたことあるような、ないような……。

声が聞こえたのはいつも樺倉さんが話すときに立つ玄関の正面あたりで、そちらに目をやると綺麗な顔をした、執事っぽい服装の男の人が立っていた。

「樺倉は今取り込み中でこちらに来られない。代理で朝礼と朝の仕事について取り仕切ることになった、大柳だ。よろしく」

にこり、と大柳さんが笑うと、ぶわぁっと何か甘い香りの熱い風でも吹き抜けたような錯覚がして、きゅうっと胸が苦しくなり、頬が熱くなった。

ホールにいる他の女性たちも一様に顔を赤らめたり、甘い溜息を吐いたりしているので、きっと皆同じように大柳さんのフェロモンにあてられたのだろう。男性陣も、女性陣ほどでないにしろ圧倒されているのか、突然現れた謎の人物に対して何か言おうとする人はいなかった。

「それでは改めて。皆、おはよう」

「おはようございます」

戸惑いつつも、使用人一同は挨拶を返す。

「今日のスケジュールだが、まず旦那様の――」

「おいコラ待てこのクソブスが――!」

玄関ホールに突如、聴き慣れた怒声が響く。ちなみに「怒声」といっても、旦那様方のご迷惑にならないよう、このホール内でしか聞こえない程度の声量にきっちり絞られている。

その怒声（控えめ）の出どころ、先ほど私がこっそり出てきた廊下の出口付近には、なにやら白い布にくるまった樺倉さんが立っていた。

「おや、もう起きてきたのかい」

「テメェそこで何してやがる！」

「何って、君の代わりに朝礼を始めたところだよ。それにしてもなんだい、そのみっともない格好は。きちんと服を着てきたまえ」

大柳さんは、やれやれといった様子で溜息を吐いて腕を組む。対する樺倉さんは白い布をさらにきゅっと身体に引き寄せて、また怒鳴り声（控えめ）をあげた。

「ふざけんな！　テメェが俺の服着てったから着るもんがねぇんだろうが！」

「代わりの服なら置いてきてあげたじゃないか」

「メイド服なんて着れるか！　第一サイズが合わねえんだよ！」

メイド服のサイズ、確認したんだろうか。肩とか、合わせてみたんだろうか。

ちょっと想像してふき出しそうになり、慌てて素数を数えようとしたものの「あれ素数ってなんだっけ」というところで思考が停止してしまった。

「全く、仕方ないわね。じゃあ服返してあげるから朝礼だけ済ませなさいよ」

既にホールにいた全員が「謎の執事の大柳さん」の正体が「メイドの小柳さん」であることには気付いていたようで、彼女が突然いつもの声でいつも通りに喋りだしても誰も驚きはしなかった。

早番の人手が多くて特別な仕事がない日は、たまにこうして花ちゃんがいたずらを仕掛け、ほんの少しだけ樺倉さんを寝坊させることがある。責任感が

強すぎる上に頼まれたら断れない樺倉さんを、素直じゃない花ちゃんなりに気遣った結果のようだ。こういういたずらをするとき、花ちゃんはこっそり前日のうちに済ませられる仕事は済ませてしまっているので、文句を言う人もおらず、皆ただ温かく見守っている。

「この格好で、か⁉」

「当たり前でしょ、今から部屋戻って着替えてここに戻ってなんてしてたら、その間皆何もできなくて時間の無駄じゃない」

「言っとくがこの状況を作り出したのはお前だからな⁉　この時間が既に無駄だからな⁉」

「はいはい、じゃあこれ以上時間無駄にしないようにちゃっちゃと朝礼済ませなさいよ」

「こんのやろ……！」

樺倉さんはギリギリと歯を食いしばって花ちゃんを睨（にら）みつけた後、目を閉じて息を吐き出せるだけ吐いた。

「……皆も覚えているとは思うが、今日は11時頃に旦那様のご友人がお見えになる。11時半頃から旦那様、奥様と3人で昼食を召し上がる予定だ。ご友人はその後旦那様とご歓談、15時のティータイムの後、お帰りになる。宏嵩様はいつも通り8時半に会社へ、尚哉（なおや）様は8時に大学へ向かわれ、お2人ともお帰りは19時頃の予定だ。まずいつも通り朝の清掃と朝食の用意をしてから、給仕の担当者以外は来客対応の準備を進めてくれ。それから——」

樺倉さんは何も見ずにすらすらと今日の旦那様とご家族の予定を説明し、てきぱきと指示を出していく。流石（さすが）だなとは思うのだが、樺倉さんの今の格好を思い出すとせっかく説明された内容も全部頭からふっとんでしまいそうなので、なるべく彼を見ないようにしながら彼の話に集中する。

「——以上だ。何か質問はあるか？」

正直樺倉さんのその格好についてはとても質問してみたいところではあるが、ぐっと堪える。もちろん、他の使用人たちも口を閉ざしたままだ。

「じゃあいつも通り、よろしく頼む」

誰からも質問が上がらないことを確認し、樺倉さんは花ちゃんに向き直り、低い声で「行くぞ」と言って部屋のほうへ引き返し始めた。花ちゃんがくすくす笑いながらその後ろを追いかけていき、樺倉さんと並ぶ。そのとき、ふいに樺倉さんが振り返り、ぱちっと私と目が合った。

「桃瀬」

「は、はいっ？」

急に名前を呼ばれ、どぎまぎしながら返事をする。

「寝坊したの、バレてるぞ」

「え……えー！　なんでですか⁉　エスパーですか⁉」

「寝坊したって騒ぎながら階段駆け下りてったろ」

「……あー……」

やってしまった。そういえば樺倉さんの部屋は階段のすぐ横で、大きな足音や声は意外と聞こえるんだった。せめて黙って走り抜けていればバレなかったはずなのに……

「まぁ騒いでなくても、あんな時間に全力で廊下走ってるのはお前くらいだから、わかるけどな。後でちゃんと遅刻届出しとけよ」

そう言って樺倉さんはまた部屋へと歩き出した。

騒ごうが騒ぐまいがバレるものはバレてしまうらしい。

でも遅刻確定の時間に廊下走ってたら私だって断定するのは、さすがに酷くない？　他の人だって遅刻ぐらい……

そこまで考えて、気付いた。確かに、今朝のようなケースの樺倉さんを除けば、自分以外の使用人が寝坊したところなんて、見たことがなかった。

「んーんーんーんんんんんんーんー」

周りに聞こえないような音量で鼻歌を歌いながら、花瓶に生けた花から萎れたものを摘み、水を足す。一歩離れてみて、花全体のバランスを確認し、また近付いて少し花の前後を入れ替えたり、茎を少し短くしたりして調整をする。

「んーんーんーんんんんんーんー？」

こっちにも黄色い花あったほうがいいかな……これはもう少しこっちで……うーん、上手く入らないな……じゃあこっちでいいか……あれ、なんかこの辺寂しいか……？　それならここをこうして……うーん？

「絵は上手いのに、こういう細かい調整とか本当下手だよね、成海って」

突然後ろから失礼な台詞が聞こえ、びっくりしつつも頬を膨らませて振り返る。

「うっさいなぁ……人には向き不向きがあるんだから仕方ないの！　私朝のお仕事で忙しいんだから邪魔しないでくれませんかね、宏嵩ぼっちゃん」

「ぼっちゃんはやめて。そろそろ朝食の時間なのに、成海はまだこんなとこにいていいの、って聞きにきたんだけど、邪魔だった？」

「えっ」

慌てて腕時計を確認すると、ちょうど7時になったところだった。いつもは旦那様がお席に着き次第、朝食を開始しているのだが、時間で言えば大体7時10分になるかならないか頃だ。つまり、朝食開始まであと5分少々しかない。

「やっば……！」

慌てて花のお世話道具を片付けようとして、先ほどまでお手入れをしていた花瓶に思い切り肘をぶつけてしまった。衝撃を受けた花瓶は大きくグラッと傾く。

あ、やばい。落ちる。割れちゃう。

とっさに手を伸ばすが、その先で危なげなく宏嵩が両手で花瓶を受け止めていた。

「あ……ありがと……助かったわ」

「うん、まぁここはいいから早く食堂行きなよ」

「いや、これ片付けてから行かなきゃ……」

「そんなことしてたら遅れちゃうでしょ。俺が片付けとくから行きなって。遅刻したらまた樺倉さんに怒られるよ」

そう言った宏嵩の顔を見上げてみると、彼は怒るでも呆れるでもなく、いつも通りのほぼ感情が表れていない顔で、少しだけ首を傾げて「何？」と言ってきた。

「いや……でも、それじゃ宏嵩が遅れちゃうじゃん」

「俺は多少遅れても別に怒られないし」

「でも」

「いーからいーから」

宏嵩は支えていた花瓶を元の位置に戻した後、私の肩を掴んでくるりと後ろを向かせ、食堂のほうに向かって背を押した。

「……ごめん、ありがと」

振り返って一言そう言うと、宏嵩は「ん」と言って手を振ってくれた。それに軽く手を振り返し、食堂まで全力でダッシュした。

食堂の手前で一度足を止め、深呼吸をしつつ制服を整える。スカートよし、エプロンよし、ヘッドドレスと髪は……見えないけど多分よし。

確認を終えて食堂のドアを開くと、既に食器やナプキンが並べられた長方形の食卓が目に入った。テーブル沿いに左奥へ目を向けると、テーブル端の大きな窓を背にした旦那様の席には、まだ誰も座っていなかった。その正面には既に奥様が、旦那様の席から見て左側の席には尚ちゃんが既に座っている。その周りで朝食担当のメイドが3人ほど、細々とした用意のために静かに動き回っていた。

とりあえず可能な限り自然に食堂に入っていくと、私に気付いた尚ちゃんが笑顔で手を振ってくれた。さすがに使用人としてのお仕事中に手を振り返すわけにもいかないので、笑顔を返すだけにとどめる。

それと同時に、奥から水差しを持ってきた花ちゃんと目が合った。花ちゃんは「遅い！」と目だけで怒った後、目配せで「こっちに来なさい」と伝えてきた。その指示に従い、静かに、優雅に、かつ素早く花ちゃんの元へ向かう。

「一体何してたの？　もう旦那様がお見えになる時間よ」

すぐ隣にいなければ聞き取れない程度の声でそう言いながら、花ちゃんは水差しの結露を拭き取る。中の水はよく冷えているようで、水差しはすぐに細かい水滴でおおわれた。

「ごめんなさい……うっかり時間を確認するのを忘れてて」

「全く……ほら、この水差し持って奥様と尚哉様のグラスにお水を入れてきてちょうだい」

「はい」

花ちゃんが綺麗に拭いてくれた水差しを持ち上げ、そばにあった布巾をその底に添えて食卓へ歩き出したところで、食堂の入り口のドアが開き、旦那様が入ってきた。そのすぐ後ろに樺倉さんが続く。

「おまたせ、朝食に……おや、宏嵩はまだ来ていないのか」

宏嵩の席を見て発せられた旦那様のその言葉に一瞬ドキッとする。

「まぁ、じきに来るだろう。朝食にしようか」

「かしこまりました」

樺倉さんの返事を聞き、使用人たちはすぐに料理や飲み物、パンを運び始め、食卓の上に綺麗に並べていった。

水をグラスに注いで回り、食堂隅の給仕用のミニテーブルがある位置へ戻って水差しを置く。そこで食堂を見渡して何か他にすべきことはないかと探してみるが、今のところは特になさそうだ。とりあえず姿勢を正してその場で待機することにする。

それから少しして、また食堂のドアが開いた。入ってきたのは宏嵩だった。

「おはよう、宏嵩。寝坊かい？」

「おはよう……ちょっと、片付けておきたいことがあって」

「そうか。まぁお前も早くご飯を食べなさい」

「うん」

旦那様に怒られなくて良かったと思いつつ、食事の時間を削ってしまったことが申し訳なくて、こっそり彼の様子をうかがい見る。彼は特にいつもと違った様子もなく、ちらりと一瞬こちらに目を向けたものの、表情を変えることもなく目を逸らした。ここで何か少しでもいつもと違うことをすれば、私が何かやらかしたということを樺倉さんに勘付かれてしまうとわかっているので、わざとそうしているのだ。

まぁつまり、そうして過去に樺倉さんに勘付かれたことがあるわけで、今朝のように私の失敗を宏嵩にフォローしてもらうのは初めてではないということだ。

我ながら、使用人のくせにお仕えしている家の人にフォローをしてもらうというのはどうかと思う。でも、自分が失敗したとき、失敗しそうなとき、何故か宏嵩がそばにいることが多くて、彼はいつも「いーからいーから」と言って助けてくれる。

ありがたい反面、申し訳ないし、やっぱり自分が情けない。一生懸命頑張っているはずなのに、どうして他の皆のように上手くいかないんだろう。ちょっとやそっとではへこまない自分も、さすがに積もり積もったダメージが大きくなってきて気分が落ちてくる。

勤め始めて約1年。せっかく快く雇い入れてもらったのに、二藤家の人たちにも、使用人仲間のみんなにも、迷惑しかかけていない気がする。

そもそも家事一般に細やかな気遣いの類など、苦手である自覚はあった。それでも、それを「仕事」として毎日やっていれば少しは変わるだろうと思ったのに、さっぱりだ。やっぱり根本的に向いてないのかなぁ、と思いながら小さく溜息を吐いた。

「そういえば宏嵩」

朝食もそろそろ終わろうかというころ、旦那様が宏嵩に声をかけた。宏嵩は目玉焼きの最後の一切れを口に入れながら、目だけを旦那様に向ける。

「お前もそろそろいい歳なのだし、お見合いでもしてみないか?」

しぃん、とその場が静かになった。窓の外の鳥のさえずりがよく聞こえる。

お見合い。宏嵩が、お見合い。え、お見合い?

「今日会う友人が、お前と同じ年頃のお嬢さんのお見合い相手を探していると言っていてね。いい機会だし、どうかなと」

旦那様は穏やかに笑いながら宏嵩のほうに顔を向けるが、当の宏嵩は、目玉焼きを口に入れた体勢のまま硬まっている。

そりゃそうだよね、異性への興味なんて1ミリもなさそうだもんね、宏嵩。いや、おっぱいが大好きなのは知ってるけど、恋愛だの結婚だのなんてむしろゲームをプレイする時間が減るから、全力で避けたいタイプだよね。知ってる。ゲームの時間を削って、よく知りもしない人と小一時間一緒に過ごさなきゃいけない「お見合い」なんてイベント、心の底から嫌だよね。知ってる知ってる。

そう思いながらちょっぴり哀れみの視線を向けていたら、じわじわと目玉焼きの咀嚼を再開した宏嵩が、ちら、とこちらに視線を向けてきた。

いやいや、私に助けを求められても何もできませんから。自分でなんとかしなさい。というか確かにいい機会だし、してみればいいんじゃないの、お見合い。二藤家の長男として生涯独身を貫くわけにはいかないだろうし、ゲームと結婚するわけにもいかないんだし。いい加減腹括ったら？

果たしてどこまで伝わるのかわからないが（多分全く伝わらないとは思うけど）、視線にそうメッセージを込めてみる。

宏嵩はそれをどう受け取ったのか、一度俯いて目玉焼きを呑み込んでから、旦那様に向き直った。

「いや、でも、俺は……」

「まぁお前がそういうことに興味がないのは知っているよ。でも、興味がないものを遠ざけたままでいたら、一生興味がわく機会を失ってしまうだろう？　まずは会うだけ会ってみなさい。相手のお嬢さんも初めてのお見合いだそうだから、まだすぐ結婚どうこうとは考えないだろうし、お友達になれたらそれはそれでいいと思うし」

旦那様はそう言って、もう一度宏嵩に「どうかな」と問いかける。

「どうしてもお見合いをしたくない理由があるのなら、断ってくるよ？」

食卓に両肘をつき、軽く組んだ手に顎をのせるようにして返事を待つ旦那様。宏嵩はのっそりとナプキンで口を拭いて、ゆっくりと口を開いた。

「……少し、考えさせて」

旦那様は宏嵩の答えににこりと笑顔を返した。

「そうだね、大事なことだから少し時間をかけて考えてみなさい」

そう言って、旦那様は飲みかけだったコーヒーを飲み干し、席を立った。宏嵩はほんの少し難しい顔で、湯気も立たなくなったコーヒーに口をつけた。

その後は、来客準備、来客対応、掃除、洗濯、備品の確認と補充、食事の用意など仕事に追われ、何かを考える余裕もなくあっという間に過ぎていった。今日は早番だったので午後3時には上がったのだが、その後をどう過ごしていたのか、よく覚えていない。なんだかぼーっとしてしまって、気付いたときには使用人用のお風呂利用可能時刻終了30分前だった。慌ててお風呂へ向かい、ささっと入浴を済ませ、部屋に戻ると、ベッドに倒れ込んだ。

「ふー……」

ごろりと寝返りをうち、仰向けになって溜息を吐く。

なんだか今日は疲れたな……それにしても、宏嵩がお見合いか。私が「いい歳なんだから花嫁修行してこい」って言われるんだし、同い歳の宏嵩だって当然「いい歳」だ。良家のぼっちゃんとしては、自力で就職したとはいえ、プライベートでは部屋に引きこもって1人でひたすらゲームなんていう生活を続けるわけにもいかないのだろう。

とはいえ、あの宏嵩がお見合いなんてしたところで上手くいくのだろうか。なんと言っても、1日ぐらい食事を抜いてもどうということもないが、ゲームを1日抜いたら禁断症状が出るに違いないと思われるレベルの準ゲーム廃人だ。お見合い中も、終わった後にプレイするゲームの立ち回りについてとか考えてそうだ。

いや、でも待てよ。今時ゲームをする女子なんて珍しくもないし、こーくんのようなガチ勢も一定数はいる。あそこまでとは言わなくとも、宏嵩の話にある程度ついていけるようなゲーマーで、かつおっぱいが大きければ、ワンチャンあるんじゃないだろうか。

宏嵩ってそこそこ顔は綺麗だし、表情筋は死んでるけど意外と茶目っ気もあるし、慣れた相手にはよく喋るし、ああ見えて優しいし。そして家はお金持ち。よく考えたら、実はかなりの優良物件じゃない？

お見合いを真剣にし始めたら、意外とすんなり相手見つかっちゃったりして。うーん、でも宏嵩に先を越されるのは……なんか……なんだろう、寂しいな……

そうだ。お見合いをするということは、上手くいったら宏嵩はその人と婚約、結婚するんだ。

恋愛とは無縁そうだった幼なじみの結婚。祝福すべきことなのに、何故だろう、ちっとも喜べない。せっかくまた仲良くなれたのに、また遠くへ行ってしまう、と、そんな風に感じてしまう。なんと表現するのが正確かはわからないけれど、なんとなく胸とお腹の奥のほうがきゅうっと苦しくなった気がした。

夜にこっそりオンラインで一緒にゲームしたり、たまにお休みの日に一緒に出かけたり。ただそれだけの幼なじみなのに、宏嵩が誰か他の女の人と仲良くするのは、なんか、嫌だ。

でもきっと宏嵩が婚約したら、その婚約者からすれば私みたいな幼なじみがそばにいることのほうが嫌だろう。

花嫁修行の成果もあがらないし、周りには迷惑かけ通しだし、いい機会だから、宏嵩のお見合いが決まったらここを出ていこうかな。宏嵩とはまた会えなくなるだろうけど、彼の幸せな結婚生活のためにはそのほうがきっといい。

そう決めて大きく息を吐き、目を閉じると、ぽろりと涙が落ちたことに気付いた。

あれ、あくびでもしたんだっけ。ぼんやりしているうちにしたような気もする。

今日はもう疲れたし、眠いし、このまま寝ちゃおうかな。ああ、仕事着だけ脱がなきゃ。

ベッドに横になったまま横着して服を脱ぎ、それを適当に伸ばしてベッドフレームに引っかける。それからパジャマも着ずに布団に潜り込んで目を閉じると、意外とすぐに眠りに落ちてしまった。

＋＋＋

がしゃん、と耳に刺さるような高い音がした。振り返ってそちらを見れば、立ち尽くすなると、その足元に広がるたくさんの白いかけら。

「なる、大丈夫？」

声をかけながら歩み寄ると、なるが半べそをかきながら振り向いた。

「花ちゃぁん……ごめんなさい……ティーカップ落としちゃった……」

「これは……来客用のセットのやつね。まぁ旦那様のとかじゃないから大丈夫よ。怪我(けが)はない？」

「うん……ごめん……箒(ほうき)とか取ってくるね」

そう言って、なるは部屋の端の掃除用具入れへ小走りに向かっていった。

近頃、なるの様子がおかしい。

元々食器を割るのも、お茶をこぼすのも、白いシャツをまだら模様にするのも日常茶飯事ではあった。それでも最近はだいぶその頻度も下がっていたのに、このところまた毎日何かしらのミスを繰り返すようになっている。

その上、あからさまに宏嵩ぼっちゃんを避けている。食事の席などはいつも通り食堂の隅に控えているが、廊下やホールで遭遇しそうになると、これまで見たこともないような素晴らしい瞬発力を発揮して逃亡してしまうのだ。

原因は、間違いなく宏嵩ぼっちゃんのお見合い話だ。あの日から明らかにぼんやりすることが増えたし、前のような底抜けに明るい笑顔を見せなくなった。

なるを除く全ての使用人たちは、宏嵩ぼっちゃんがなるに思いを寄せていることには気付いている。その上で、自覚はないようだが、どうやらなるがぼっちゃんに対して特別な感情を抱いているらしいことに気付いている者も何人かいる。私と樺倉もその1人だ。

なると宏嵩ぼっちゃんは主従の関係ではあるものの、住み込みの使用人も一般的な就職先の1つでしかない今の世の中では、禁断の恋でもなんでもない。その辺の会社の社内恋愛と似たようなものだ。

だから皆で彼らのなかなか進展しない恋路をじれったくも温かく見守っていたのだけど……そこに降ってわいた宏嵩ぼっちゃんのお見合い話。仕事中は冷静さを失うことのない樺倉も、あのときばかりは目を見開いて硬まっていた。

「……っふふ」

あ、いけない。思い出したらつい笑いが。

「花ちゃん？　どうかした？」

箒と塵取りを持ってきたなるが、不思議そうな顔で首を傾げている。

「なんでもないわ、ちょっと樺倉のアホ面思い出しちゃっただけ」

「あはは、花ちゃん酷いなぁ。樺倉さんかわいそー」

割れたティーカップのかけらを箒で集めながらなるが笑う。具体的に何がどう、というのはわからない。それでも、確かにその笑顔はいつもの笑顔とは違っていた。どうにかしてあげたいとは思うものの、ストレートに「あなた宏嵩ぼっちゃんのことが好きなんでしょ」と言っても響かないだろうし、どうしたものか。

「……ねぇ、なる。あなた最近元気ないんじゃない？」

考えながらそう問いかけてみると、なるはきょとん、とした顔……を装って、こちらを見つめ返してくる。

「え？　そんなことないよ」

「嘘。だってここ数日あなたから推しカプの話も次の本のネタの話も聞いてないもの」

「うっ……」

ずばりと言ってみれば、なるは言葉に詰まって視線をさまよわせた後、軽く項垂れて口を開いた。

「……実はさ」

「うん」

「ここのお仕事、辞めようと思って」

「……え？」

全く予想だにしなかった答えに、一瞬その意味が理解できず、反応が遅れてしまった。

「え、辞めるって……ここを出ていくの？　どうして？」

慌てて聞いてみると、なるは顔も上げずに白い破片を塵取りに集め、広げた新聞紙にのせながら答える。

「やっぱり私、こういうお仕事向いてないなって思ってさ。1年頑張ってみたけど、全然仕事できるようにならないし、みんなにも旦那様たちにも迷惑かけてばっかりだから、そろそろお暇したほうがいいなって」

一気にそう言い切ったなるは、何か吹っ切れているようでもあり、何かに耐えているようでもあった。

「そんな、辞めることなんてないわよ。仕事のミスは大分減ったし、ティータイムのお菓子をぼっちゃんたちの好みに合わせて用意するの、誰よりも上手じゃない」

「まぁ一応幼なじみだから宏嵩と尚ちゃんの好みはよく知ってるってだけだよ。それに……辞めようと思った理由は、それだけじゃなくてさ」

「……なに?」

「幼なじみだから、そばにいちゃいけないなって」

　明るい声でそう言ったなるの表情は、なんだかさっぱりしている。

「……どうして?」

「きっとそう遠くないうちに宏嵩には婚約者ができてさ、結婚するわけじゃん。そのときにさ、同じ屋根の下に幼なじみの女がいたら、宏嵩の奥さんは嫌だなって思うだろうし。だから、お見合いを本格的に始める前の今のうちにいなくなったほうがいいなって」

　なるは、ティーカップの破片を新聞紙で丁寧にくるんで、ガムテープで留める。淡々と進められる作業と、それに合わせて淡々と告げられる言葉。この数日、自分を納得させるために何度も何度も、1人でその言葉を繰り返していたのかもしれない。そう思うと、息苦しく感じるほど、切ない。

「ねえ、なる、あなた本当はどう思ってるの?　本当にそれでいいの?」

　丸められた新聞紙を抱えて立ち上がったなるの肩に手を置いて、顔を覗(のぞ)き込む。

「うーん、まぁそりゃあせっかく花ちゃんとかみんなと仲良くなれたのに、ここを出ていったらそう簡単に会えなくなっちゃうし、寂しいなとは思うけど……向いてない仕事続けるのは自分も辛(つら)いし、みんなにも迷惑かけちゃうからさ」

　寂しそうに笑ったなるは、それでも「もう決めたことだ」と割り切っているようで、簡単には引き留められないであろうことがわかった。

「なる……」

＋＋＋

「それじゃあ樺倉さん、お先に失礼します」

「おう、お疲れさん」

　自室へ戻っていく他の使用人たちを見送ってから、ホールの階段を上り、2階に着いたところで西棟への廊下に足を向ける。

　この時間になると、こちら側の棟はとても静かだ。掃除をしたり、料理をしたり、茶を運んだりする者はもう誰もおらず、コツコツという自分の足音が微かな反響と共に聞こえるだけだ。

　廊下の突き当たりに辿り着き、その右手にある食堂の両開きのドアを開く。食事の際は食器の音や給仕に歩き回るメイドたちが立てる衣擦れの音、そして人の話し声が聞こえてとても賑やかなこの部屋も、この時間は、しん、と静まり返っていて、空気もなんとなくひんやりと感じられた。

　入り口から食卓を回り込みながら、テーブルの上や床にゴミなどが残っていないかを軽くチェックし、部屋の隅のドアのない通路から隣の給仕室に入る。

　食堂の半分ほどもない部屋の左手には窓、正面の壁面の一部には、料理や食器の運搬用のエレベーターが埋め込まれている。残りの壁沿いには食器棚やちょっとした作業スペースとしてのシンプルな机が並んでいる。ざっと部屋を見渡して異常がないことを確認し、入口からすぐ右手の食器棚の扉を開いた。真ん中あたりの定位置に置かれているシンプルなリーフ柄のティーセットを取り出して、同じ食器棚の引き出しから布巾を1枚手に取る。それらをすぐ隣のテーブルに置き、まずはカップを持ち上げて布巾で磨き始める。

　カップには、特に目立った汚れはない。カップ以外のソーサーも、ティーポットも、ティースプーンもそうだろう。使用後は毎回速やかに洗われている上、毎晩こうして丁寧に磨いているのだ。汚れもくもりも、残りようがない。

しばらく黙々とティーセットを磨いていると、ドアが開く、きぃ、という音が食堂のほうから聞こえた。それに続く、カツカツという足音。

「おつかれさま」

静かにそう声をかけながら、花子が食堂への通路から顔を出した。

「おう、おつかれ」

手を休めずにそう返すと、花子もすぐ隣へやってきて、そばの食器棚から布巾を取り出し、一緒にティーセットを磨き始めた。

「どう、そっちは」

「どう、って言われてもなぁ」

磨き終えたカップを持ち上げ、磨き残しがないかをしっかりと確認しながら小さく溜息を吐く。

花子が「どう」と聞いているのは、宏嵩のことだ。先日の「お見合い事件」から、様子のおかしい桃瀬のことは小柳が、宏嵩のことは俺が様子を見ることにしている。

父親が今の自分と同じく、昔ここで執事をやっていたため、宏嵩のことはもちろん、尚哉のことも幼いころからよく知っている。自分が一番年長だったので、なんだかんだ世話を焼いて2人とも本当の弟のように思っていた。今だって、仕事の上では俺は2人に仕える身だが、プライベートでは2人とも親しく接してくれる。

そんなかわいい弟たちのでかいほうが、ずっと昔から片思いをしていたことももちろん知っている。桃瀬とは一緒に遊んだことはなかったが、面識はあって、明るくてかわいい良い子だなと思っていたので、密かに応援していた。

しかし結局何事もなく中学を卒業して離れ離れに

なり、以降友達らしい友達も作らず廃ゲーマー一歩手前な生活を続けていた宏嵩。それが去年、桃瀬が使用人としてここに就職してきたことで、一転した。宏嵩の表情はずいぶん明るくなり（当社比）、仕事中の桃瀬を探して話しかけに行ったり、こっそり手伝っていたりするので、結果的にゲームにのめり込む時間も少し減った。桃瀬も満更でもなさそうだったので、多少時間はかかるにしても、そのうち落ち着くところに落ち着いてくれるだろうと思っていたのだが……

「なんつーか……宏嵩のほうは『お見合い』って言われて、急に結婚について意識したはいいものの、唯一可能性があった桃瀬に全力で逃げられて途方に暮れてるって感じだな」

「まぁ割と見たまんまよね」

「とりあえずまずはお見合い断っとけとは言ったんだが……」

今日の夕食後、まっすぐ部屋に戻った宏嵩を追うようにして部屋まで話しに行ったところ、宏嵩は1人で黙々とゲームをしていた。こちらが話始めてもゲームを止める気配はなく、一応話を聞いてはいる様子で、ある程度受け答えはしてくれたのだが、果たしてどこまできちんと頭に入れてくれたのか。

「……なるのほうは、ちょっと困った感じなのよね」

桃瀬の態度に心底参った様子の宏嵩について思い返していたところ、花子も溜息混じりにそうこぼした。

「どうした」

声をかけて花子のほうへ目を向けると、花子はぼうっとその手に持ったティースプーンを眺めていた。

「なるがね。お見合いが本格的に始まる前に、ここの仕事辞めるって」

「……え、なんでだ?」

宏嵩のお見合い話と桃瀬の退職願いが全くリンクせず、素でそのまま聞き返した。それにちょっと呆れたような顔で花子が答えようとしたとき、

「それ、ホントですか⁉」

食堂への通路から半分悲鳴のような、今にも泣きそうな声が聞こえてきた。驚いて花子と2人揃って振り返ると、そこにはティーセットのトレイを持った尚哉が立っていた。

「な、尚哉様、こんな時間に何を……？」

「小柳さん！　今のってホントですか⁉　成海ちゃんが、お見合いが本格的に始まる前に辞めちゃうって……！」

「え、あ、はい、本人はそう申しておりましたが……」

「大変だ……！　ごめんなさい、これ片付けお願いします！」

尚哉はそう言うなり、手に持っていたティーセットをすぐそばのテーブルへ置き、踵を返して走り去ってしまった。

「……何だったのかしら」

「……さぁ。でもまぁ多分あれは宏嵩のとこに駆け込む気だろうから、放っておけばいいんじゃないか？」

「そうね……あなたの話じゃ宏嵩ぼっちゃんに1ミリも響かないだろうけど、もしかしたら実の弟の尚哉ぼっちゃんから何か言われたら、変わるかもしれないしね」

「どさくさに紛れて俺のことディスるのやめろ」

+++

右カーブ。左カーブ。大きく右へカーブしてその先で大ジャンプ、滑空してコース真ん中の建物の屋根に着地、加速パネルを踏んで小滑空。着地後、周

回遅れをさらりとかわし、手持ちのバナナの皮を置きつつアイテムブロックを取って、直後のコース上の妨害ギミックを適当に避ける。最後の最後に飛んできた1位妨害アイテムを、つい先ほど取ったスピードアップアイテムをタイミングよく使うことで回避すると、そのままゴールへ辿り着いた。

もう何も考えなくてもその程度のことができるくらいにはやり込んだ。いや、特にやり込まなくともその気になれば初見でもできるかもしれないが。

対人という要素が加わると、アイテムの使用タイミングなどが正直読めなくなるので（セオリーなんて関係なしの初心者など特に）こうはいかないが、アイテム稼ぎ、実績解除のためにひたすら対NPCプレイをしている分には脳などほぼ使っていないと言っても過言ではない気がする。

ただそれがゲームをプレイする上で有利に働くかというと、そうでもない場合がある。

例えば、悩みがあるとき。ゲームをプレイしているのにゲームで頭を使わないので、つい他のことを考えてしまい、気付くとそちらに集中力を持っていかれていたりする。

今日もそのパターンで、当然1位を取ることには成功しているものの、実績解除のためのミッションは1つも達成することができていなかった。

「……はぁ」

コントローラを握ったまま、仰向けにソファへ倒れ込んで、天井を仰ぐ。

お見合い、結婚、成海。それらの単語がずっとぐるぐると頭の中を回っている。けれどそれらはひたすらぐるぐると回り続けるので、しっかりじっくりと考えることもできず、どうしたら良いものやらさっぱりわからない。

とりあえず体を起こして画面と向き合い、スタートボタンを押して次のステージでのレースを始める。

ふわふわと雲にのって宙を舞うキャラクターがスタートの合図となる信号を持ち、画面の中央へ陣取る。信号の黄色が点灯してからワンテンポ遅れるくらいでアクセルを踏み、いつも通りスタートダッシュをきっちりと決めてスタートすると、もうそれだけでNPCの先頭集団の更に前に出ることができてしまう。後はアイテムによる妨害に注意を払いつつ走るだけの簡単なお仕事だ。

「ちょっと何それズルくない⁉」

どこからともなく、成海の声が聞こえた気がした。

見回さなくともわかる。成海は今ここにいない。

先週、夜に尚哉が成海とこーくんさんをこっそり連れてここへやって来たときにプレイしたのがこのゲームで、ちょうどこのステージだったことを思い出した。こーくんさんはぎりぎり俺のすぐ後ろからついてきて、尚哉はいつも通りそもそもコースを走っておらず、成海はちらちら俺の画面を見ては文句を言ったり教えを乞(こ)うたり、忙しそうにしていたのを覚えている。

なんだかんだ、楽しかったのに。どうして今日、自分は1人でもくもくとゲームをしているのだろう。

どこか頭の隅のほうでそんなことを考えながら、徐々に独走状態になりつつあるレースをきっちりとこなしていく。

この曲がりにくいコーナーでは、成海は毎度コースアウトしながら悲鳴とも奇声とも言える声をあげてたっけ。

このショートカットルートを使ったら「正々堂々勝負しろぉ！」とかなんとか言われたな。

この踏みにくい加速パネルを毎回踏みそびれて、最終的には「むしろ踏めてるほうがおかしくない⁉」とか言い出したんだった。

気付けば、先週の成海のことばかり考えている。

先週の成海は、きちんと自分の目を見て話してくれたのに。突然逃げ出したりなんて、しなかったのに。

そうこうしているうちに最終ラップに入り、BGMのテンポが上がり、半音ほどキーが高くなる。NPCからの攻撃は本当に微々たるもので、正直完全に無視していても勝てるレベルなのだが、なんとなくアクションゲームでもないのにノーダメージクリアがしたくなって、真面目(まじめ)にアイテムボックスを拾って防御用アイテム、加速用アイテムの確保に走った。

そして数回の妨害をきっちり退け、最終ラップの最後のストレートに入り、いざ加速アイテムをと思ったとき。

「にいちゃ――――ん！」

突然部屋のドアを突き破るぐらいの勢いで開けて飛び込んできたのは、尚哉だった。

そして尚哉に気を取られて振り返ったところで、ちょうど最後の最後に誰かが1位妨害アイテムを発動し、気がついたときには自機は画面の中でコインをばら撒いて止まっていた。

「……尚、用があるならノックして入ってきて」

あと少しで目標達成できそうだったのに。ほんの少しむくれながら尚哉にそう告げ、とりあえずゴールまでキャラクターを持っていこうとしたところ、尚哉が入り口からソファまで走ってきて、俺の肩を掴んで叫ぶように言った。

「そんなことしてる場合じゃないんだよ、兄ちゃん！　成海ちゃんが……成海ちゃんが、仕事辞めちゃうって……！」

「……え？」

「成海ちゃんもお見合いするから、本格的に始める前に辞めるって……！」

「……ソースはどこ」

「ソースとか醤油(しょうゆ)とか今どうでもいいでしょ！　小柳さんと樺倉さんが喋ってるとこに遭遇して、おれ、聞いちゃったんだよ！」

そう叫んだ尚哉の目には、涙が浮かんでいる。

ぼんやりと、そういえば成海が「親に花嫁修行しろって言われてここに就職した」というようなことを言っていたことを思い出す。俺なんかにもお見合い話が来るのだから、成海にだって来てもおかしくはないだろう。だって成海はかわいいから。

「……そうか。まぁ、仕方ないんじゃないの。元々そういう算段だったんだし」

「……兄ちゃん、それ本気で言ってるの？」

「最近成海が俺のこと避けてたのは、多分そのお見合いのためだったんだろ。変な疑いを持たれたら、上手くいく縁談だって上手くいかな……」

「兄ちゃん！」

尚哉は大きな声で俺の言葉を遮り、ぐっと眉根(まゆね)に力を込めて口を開いた。

「兄ちゃんは！　ずっとずっと昔から成海ちゃんのこと好きだったんだろ！　大人(おとな)になって、再会できて、うれしかったんだろ！　なのに……なのに、成海ちゃんが他の男のところに行っちゃうのをただ黙って見てるの⁉」

何故だか尚哉は怒りながら泣いている。自分のことでもないのに。なんでこいつはこんなに自分以外の人間のために感情を動かせるのだろう。

「……成海が、そうしたいんだったら、俺は……」

「兄ちゃんがどうしたいのかを聞いてるの！」

「俺……は……」

俺は、どうしたいんだろう。

成海のことは好きだ。でも、結婚なんて、考えたこともなかった。それは成海との結婚生活がどうこうという問題ではなくて、そもそも結婚というものが自分の中ではまだずっと遠い世界の話な気がしていたからだ。

成海のことが好きだ。成海には笑っていてほしい。

結婚しても、俺は成海をちゃんと笑わせてあげられるだろうか。

成海は、笑っていてくれるだろうか。

「俺、は」

わからない。考えたってわからない。自信なんてない。それでも。

「俺は、成海といたい」

気がつけば、俺は成海の部屋へ向けて全力で走っていた。運動なんて日頃全くしていないので、既に息もあがっていて、走っているつもりではあるけれど、普通の人が歩いている速度と同じ程度でしかないような気もする。それでも、ほんの少しでも早く成海の元へ行きたくて、足を動かした。

息も絶え絶えというのはこういう状態かと思うような酷い有り様で、何とか成海の部屋の前へ辿り着く。もはや数回深呼吸した程度では少しも楽にならない。

ここで呼吸が整うまで待っていたら夜が明けてしまうに違いないので、とにかく成海に自分の思いを伝えるべく、部屋のドアをノックした。

コン……ココン……

腕の筋肉が今ひとつ言うことを聞いてくれず、おかしなノックにはなったが、まぁ気付いてはくれるだろう。

はーい、と中から成海の声が聞こえた。次いで、ぱたぱたという足音が近づいてくる。そして。

「はーい、どなた……って、宏嵩⁉　え、なに、どうしたの⁉　何その死にかけの敗走兵みたいな姿は！」

突然押しかけるには少々遅い時間であるにもかかわらず、そんなことは気にもせず、成海は俺の心配をしてくれた。

「いや……ちょっと……俺の部屋から走ってきただ

けだから……気にしないで」

「気にしないでいられるわけないでしょ！　ほらとりあえず入って、座ってお水飲んで」

俺の腕をぐいぐいと引っ張る成海に任せ、部屋の中へと入っていく。今ひとつ脳に届く酸素が足りていないのか、少しぼんやりする頭で、そういえば成海の部屋に入るのは初めてだなと思った。

「ほらここ座って。お水持ってくるから待ってなさい」

小さなクッションの上に腰を下ろされ、成海は備え付けの小さな食器棚からコップを取り出し、部屋の隅のミニ冷蔵庫に入っていた水を注いで、俺の目の前の小さなテーブルの上に置いてくれた。

「あり……がと……」

なんとかお礼を言って一口その水を飲むと、冷たい水が体にすっと染み渡っていく気がした。

「……ていうかよく考えたら宏嵩の部屋と私の部屋って、1階分の階段とせいぜいこのお家の横幅の半分くらいの距離しかないよね？　体力なさすぎじゃない？」

とりあえず水を飲んでゆっくりと呼吸を繰り返す俺を眺めながら、成海はテーブルを挟んで正面に腰を下ろし、若干呆れたような表情を浮かべた。

「いや、ほんと……俺も、自分の体力のなさに……びっくりしてる……」

「ちょっと体力づくりしたほうがいいと思うよ、流石に。そんなんじゃ早死にしそう」

「うん……」

もう一口水を飲み、大きく息を吸って、息を吐く。呼吸も少し楽になってきた。これでなんとかまともに話せそうだ。

「成海」

「うん？」

とりあえず名前を呼んでみると、成海は俺のほうを向いたまま微かに首を傾げた。その目をしっかりと見つめて、口を開く。

「俺もお見合い断るから、成海も断って欲しい」

「……うん？　断るって何を？」

「お見合い」

「私が？　なんで？」

「……俺は、他の誰でもなくて、成海とずっと一緒にいたいから」

「……え……えーと、ごめん、それは、ど、どういう……？」

「俺は、成海のことが好きなので、成海に、俺と結婚してほしい」

「…………」

成海はしばらくぽかん、とした表情でこちらを見ていたかと思うと、ゆっくりとぱく、ぱく、と口を動かし始めた。そして首からじわじわ赤くなっていき、頬あたりまで赤みが上ってきたところで成海は両手で顔を覆って小さな声で、

「どうしてこうなった……」

と呟いた。

「……ごめん、嫌だった？」

「嫌とかじゃなくて……普通におかしいだろ……交際０日でプロポーズって何事だよ……」

成海はぷるぷる震えながら、かなり顔を近づけてやっと聞き取れるくらいの声でそう言った。

「成海が、お見合いするからここのメイド辞めるって聞いて……慌てて来た」

「待って何それ初耳なんだけど！」

成海がパッと顔を上げた。おでこまで真っ赤に染まって、目も涙が滲んで赤くなっている。

「え？」

「私お見合いなんて予定ないですけど！」

「……え？」

「お見合いすんのはお前だろ！」

「え、いや、うん、そうなんだけど、成海もお見合いすることになったんじゃないの？」

「なってないわ！　つーか一般家庭育ちの私に結婚相談所からの斡旋ならともかく、お見合い話なんてくるアテがないっつーの！」

言われてみれば、確かにそうかもしれない。

「……小柳さんと樺倉さんが、成海が辞めるって言ってたって、尚哉に聞いたんだけど」

「私は宏嵩のお見合いが本格的に始まる前にはお暇しますって話を花ちゃんにしたの！　私がお見合いするなんて一言も言ってない！」

「……」

急に力が抜けて、後ろにばたん、と倒れ込んだ。

「ひ、ひろたか？」

成海が赤い顔で心配そうに俺の顔を覗き込んでくる。

「間抜けだな」

「な、なにを……」

成海がちょっと頬を膨らませた。

「俺が、だよ。勝手に勘違いして慌てて部屋に押しかけて、プロポーズして」

まぁ、勘違いしたのは恐らく尚哉なのだが、きちんと裏を取らずに突っ走ってしまったのは俺だ。

「……間抜けだな」

溜息を吐いて、両手で顔を覆った。ああもう。格好悪い。なかったことにしたい。

「………間抜けかもしれないけど」

そっと、俺の右の手首に成海の温かい手が触れる。

「わ、私は……ちゃんとうれしかったよ……」

ほんの少し成海の手に力が込められる。俺の顔の上から右手がズレて、成海が俺を見下ろしているのが見えた。

成海は、真っ赤な顔で笑っていた。真っ赤な目に涙を浮かべて、笑っていた。

翌日の朝食の席にて。

「父さん」

食事もそろそろ終わりに差しかかり、父さんも他の2人も食後の紅茶とコーヒーを飲み始めたところで、声をかけた。

「うん？　なんだい、宏嵩」

「成海と婚約したんで、お見合いは断ります」

父さんはカップをソーサーに置いて、こちらに顔を向けた。

ぶっ、とか、げほっ、とか、あちこちでいろんな人がむせるのが聞こえた。

「ちょ、おま」

「そうか。わかった」

成海は他の人たちと同じくらい動揺しまくっていたが、父さんはいつものゆったりとした態度を崩さずにこりと笑った後、成海のほうに顔を向けた。

「成海ちゃん、これからもよろしく」

「えっ、あ、い、いえ、こっ、こここちらこそ、よろしくお願いしま……あああ！」

テンパった成海は慌てて深くお辞儀をし、両手で抱えていた水差しからじゃばじゃばと水が溢れた。

それまで立ち尽くしていた他のメイドたちも慌てて床の水を拭いたり、びしょ濡れになった成海のエプロンドレスを拭いたりし始め、「婚約」宣言で固まってしまった食堂の空気がだんだんと動き始めた。

「に、兄ちゃん！　成海ちゃん、おめでと――――！　なんで昨日あの後言ってくれなかったのー⁉　すっごい心配してたのに！」

「ひ、宏嵩……桃瀬ぇ……よ、よかっ……よかったなぁ……」

「ちょっと樺倉、あんた何泣いてんのよ、しゃんとしなさいしゃんと！」

「よ……よかったですね、成海さん……」

それからしばらく食堂は大騒ぎになり、結局その日は1日、俺と成海は質問攻めからのお祝い攻めに合い、休日なのに家から出ることができなかった。

せっかく成海とデートに行って、婚約指輪の下調べでもしようと思ったのに。まぁでも、いいか。これから2人で過ごす時間は、沢山あるのだから。

そう考えると、つい頬が緩んだ。

Wotaku ni koi ha muzukashii

The Novel

ヲタクに恋は難しい

小説版

2020年2月5日初版発行
2020年3月16日第2刷発行

著者　華路(はなぢ)いづる
原作・イラスト・監修　ふじた
企画・編集　ノベル編集部
編集協力　鈴木海斗
発行人　野内雅宏
発行所　株式会社 一迅社
〒160-0022
東京都新宿区新宿3-1-13　京王新宿追分ビル5F
[編集部] 03-5312-7432
[販売部] 03-5312-6150
発売元：株式会社講談社（講談社・一迅社）

印刷・製本　大日本印刷株式会社
DTP　株式会社三協美術
装幀　安藤公美（井上則人デザイン事務所）

Printed in Japan　ISBN978-4-7580-9240-1